文春文庫

武士の流儀（四）

稲葉　稔

この作品は文春文庫のために書き下ろされたものです。

ＤＴＰ制作　エヴリ・シンク

武士の流儀

四

第一章　洗張屋

一

空は青く高く澄みわたり、いっときの暑さも和らぎ、まことによい季節になった。鉄砲洲の浜に座り、のんびり空を眺めているのは、桜木清兵衛《さくらぎせいべえ》だった。いつものように散歩に出ての途中で、頬を撫でる過ごしやすい風に誘われて浜に下りたのだ。

（天高く馬肥ゆる秋とは、まさにこのような空をいうのであろう）

ひとり納得する清兵衛は、はて、そんな句を詠んだのは誰だったのかなと頭をめぐらすが、いっかな思いつかないし、わからない。父に教えられたのか、それとも先達の上役に教えられたのかと、解答を得られぬまま空を眺め、

（なんとものんびりした我が余生よな）

と、勝手に悦に入る。

齢五十二歳であるが、まだ体の衰えは感じないし、若い者には負けぬという気概も持ち合わせている。それでも隠居の身である。

のんびり顔をしているが、元は北町奉行所の風烈廻り与力として辣腕をふるった男である。五十二での隠居は早すぎる。当人もそんなに早く役目を退くとは思ってもいなかった。

しかし、労咳《ろうがい》になった。

死の病である。覚悟のうえで家督を倅・真之介《しんのすけ》に譲り、役目を致仕し、療養に努めたのだが、何ということか医者の診立てちがいで、じつは単なる咳気《がいき》（気管支炎）であった。

いまさら町奉行所に戻るわけにもいかず、そのまま隠居となった。

（まあ、それはそれでよかったのかもしれぬ）

と、清兵衛はすっかり諦念している。

真砂を洗う波の音が心地よい。浜辺に降りて座り、飛び去る海鳥たちを眺め、

「さてさて」

と、いって腰をあげ、尻についた砂を払って浜辺をあとにした。まだ昼を過ぎたばかりで日は高いところにある。

河岸道に戻った清兵衛は、さてどっちへ行こうかと短く思案した。そこは十軒町の外れだった。自宅のある本湊町《ほんみなとちょう》は北の方角である。清兵衛はそちらからやってきたのだから、

（まだ帰るには早い）

と思い、明石町を抜け、橋をわたって南飯田町に入った。どこへ行くというあてはない。家にいれば妻・安江《やすえ》の小言を聞かねばならぬし、ときに邪魔者扱いもされる。ならば気兼ねしないですむ外に出て憂さを晴らそうという考えであるが、散歩は日課になっているといっていいだろう。

そうやって、これまで目に留めることのなかった町の風景を眺めるのも一興なのだ。

清兵衛は上柳原町の西側に出たところで足を止めた。このあたりは藍玉問屋が多いが、その他にも薪炭屋や油屋といった小店もある。

立ち止まって目を向けたのは、通りで洗い張りをしている職人だった。諸肌を脱いで股引《ももひき》一丁で熱心に仕事をしている。

市中でもときどき見かける職人ではあるが、じっくり見たことがなかった。職人は年の頃四十前後だろうか、捻り鉢巻きをして、張り板に乗せた着物を広げている。

着物はそのまま洗ったのではない。糸をほどいて八枚にし、それを洗って乾かすのだ。絹物などの上等なものは、張り板ではなく両端に針のついた竹串を使った「伸子《しんし》張り」と呼ばれる要領で乾している。

手伝っている女がいるが、女房のようだ。もっと強く引っ張れ、そっちを押さえていろなどと亭主のほうが指図している。

女房は手拭いを姉さん被りにし、袖をまくって襷を掛けている。その顔にはうっすらと汗がにじんでいた。

美しい。はたらく姿は美しい。

清兵衛は感心顔をして胸中でつぶやいた。

「精が出るな」

思わず声をかけたのは、夫婦のはたらきぶりを気に入ったからであった。

「へえ、ありがとうございやす」

亭主がちらりと清兵衛を見て、小さく頭を下げた。

「夫婦であろうか？」

「さようでございます」

亭主は応じたあとで、女房にもっと引っ張れと指図した。いわれた女房は、もっとこうかいと、口を引き結んで引っ張る。

「忙しそうだな」

「へえ、そろそろ衣替えの時季ですし、春に洗い忘れた方からの注文もありますんで、お陰様でございます」

亭主は手を休めて、張り終えた着物を眺めた。女房は店先に置いている盥《たらい》のそばへ行き、下駄を脱いで他の着物を洗いはじめた。足を使っての踏み洗いである。

「お武家様はもうおすみですか」

「わたしは妻任せなので、そっちのほうはとんとわからぬが、やってくれているようだ。それにしてもよい日和《ひより》で、仕事もやりやすいだろう」

「天気が悪いとできませんので……」

亭主はそこでふと思い出したように、茶でも飲んでいきませんかと、店先の床《しょう》几《ぎ》へうながすような顔をした。床几には湯呑みと急須をのせた丸盆が置かれていた。

清兵衛はこの男は商売熱心で、おれから注文を取ろうとしているのかもしれないと、勘ぐったが、素直に呼ばれることにした。

「お武家様は今日はお休みで……」

亭主が茶を淹《い》れながら聞く。

「まあ、毎日が休みだ」

へっと、声を漏らして亭主が見てくる。

「隠居しておるのだよ。それで毎日暇つぶしに苦労しておる」

「さようでございましたか。しかし、隠居するにはまだお若いのでは……」

どうぞと茶を差し出す。

「まあ、いろいろとあるのだ。そなたはなんと申す？　わたしは桜木清兵衛と申すが……」

「今吉《いまきち》と申しやす。女房はおつるといいます」

清兵衛は隣で洗濯をしている女房のおつるを見た。足洗いに精を出しており、二人には目も向けない。盥には泡が立っていて、おつるが足で踏むたびにその泡が、ふくれたりはじけたりしている。

こぼれた水は小さな水路に流れるように工夫されている。店の軒下には大きな水樽が五つほど並んでいた。

「このあたりで洗い張りの商売をやるのは大変であろう」

「注文はありますが、水の調達にはいつも苦労します。まさか潮水で洗うわけにはいきませんし、井戸も掘れない場所ですから、そればかりはどうにも……」

今吉はふうと湯呑みに息をかけて口をつける。

このあたりは埋め立て地で、井戸を掘っても出てくるのは潮水だから、水は買い求めるしかないのだ。住人も水舟をあてにして、炊事洗濯をしている。

「女房殿がいて心強いな」

「あれは、普段は洗濯屋をやっているんですが、今日はあっしの手伝いをしてくれているんです。この時季は手が足りなくなりますんでね」

洗濯屋は主に女の職業で、もっぱら洗濯のみをする仕事で、着物をほどいての洗い張りはやらない。

「ほう、女房殿は洗濯屋を。すると共稼ぎというわけだ。何かと大変そうだが、しっかり稼いでくれ。茶を馳走になった」

清兵衛が礼をいって立ちあがると、またお寄りくださいと今吉が声をかけてきた。

二

今吉は伸子張りをした着物と、板張りで乾かしている着物をあらためてから、一度空をあおぎ見た。雨は降りそうにないが、夏に比べて日の暮れが早い。昼間は暖かかったが、少し肌寒い風が出てきた。

捻り鉢巻きにしていた手拭いを取り、首筋の汗を拭うと、店のなかに入った。店といってもそこは住居でもあった。土間には大きな盥が三つほどあり、臼や杵もある。一尺四方の木箱にはムクロジやサイカチの実が山盛りになっていた。

ムクロジとサイカチは、いわゆる洗剤である。この実の皮や莢《さや》を盥に入れてジャブジャブやると泡立ってきて汚れやしみがよく取れる。米の研ぎ汁も使うが、やはりムクロジとサイカチがよかった。

今吉は居間にあがると、さっそく一升徳利をそばに引き寄せ、ぐい呑みについで、くーっと一杯やった。

「たまらねえ」

思わず声を漏らし、フーッと息をする。ひと息つける至福の瞬間である。

女房のおつるが大きな尻を居間のほうに向けて、竈《かまど》に火をつけている。火吹き竹を吹くたびに煙があがり、パチパチと爆《は》ぜる音がした。

「今日お侍が来ただろう。ありゃあ、品定めに来たのかもしれねえな」

今吉は酒を嘗めてからおつるに声をかけた。

「冷やかしじゃないのかい。暇を持て余してるご隠居なんだろ」

「隠居っていったってまだ若かったな。五十の坂は越していねえんじゃねえのか」

「五十前で隠居じゃ、道楽が好きなんだろさ。それとも仕事をなくしたのかもしれないよ。そんな侍がこの頃多いからね」

「かもしれねえな」

上の空で答える今吉は、戸口から射し込む日の光が弱くなったのを見て、

「さて、ちょいとしまってくるか」

と、ぐい呑みを置いてまた表に出た。日は急に翳りはじめている。おそらく小半刻もせずに暗くなるだろう。

板張りした着物の乾き具合を指先でたしかめ、そっと持ちあげて家のなかに運び、入りきらないものは軒下に残した。

板張りに使う張り板は、栃の一枚板で、薄く糊を塗り着物の裏側をぴたりとつけて乾燥させている。気を遣うのは布目と幅を乱さないで張ることだ。半日では乾ききらないので、翌朝もう一度乾かさなければならない。

伸子張りは板張りはせずに、端縫いした布にしわが寄らないようにぴーんと張って吊して乾かす。細竹の両端に伸子と呼ぶ針をつけ、それを一寸半ほどの等間隔で布を打ちつけて乾かすのだ。

絹や縮緬《ちりめん》などはこのやり方をしなければ縮むので注意しなければならない。

居間にはおつるがその日洗った着物が、壁と壁を結んだ紐に何枚も下げられている。

仕舞い仕事を終えた今吉は、再び居間に戻って酒を飲みながら稼ぎを考える。取らぬ狸の皮算用ではあるが、これが楽しい。そのために商売をやっているようなものだ。

今吉は裸一貫で洗い張り仕事をはじめた。そして、ようやく店を持ったのだが、それにはおつるの助けもある。二人はとにかくはたらき者だ。近所の者たちも今吉夫婦には感心している。

それにひとり息子は、室町一丁目にある大黒屋という大きな小間物問屋に奉公している。先日藪入りで戻ってきたときには、目を輝かせて、いずれは大黒屋の番頭になると頼もしいことをいった。

「この調子でいきゃあいい正月を迎えられそうだ」

今吉がにたついた顔でいうと、煮物を作っていたおつるが振り返った。

「また皮算用かい。あんたも好きだね」

あきれ顔をしてまた煮物作りに戻る。

「今年の春は客が増えた。そして、またこの秋にも客がついたじゃねえか」

「そうはいうけど新しくついたのはお武家だよ。ちゃんとお代を払ってくれるのかねえ。わたしゃそれが心配だよ」

「人を騙すような人たちじゃねえだろう」

「さんざんお代を払い渋るお武家もいるというじゃないか。待て待てといって二年、三年、ついにはあきらめて泣き寝入りする店もあるんだよ」

「そういう悪い話は耳につくもんだ。そんなことといちいちに気にしてたら、お客を疑ってかからなきゃならねえだろ。とにかくいい仕事をして気に入ってもらうしかねえ」

今吉はうまそうに酒を飲む。

住んでいる上柳原町は武家地に近い。大名家もあれば旗本屋敷もある。この秋に新たな注文を受けたのは、築地本願寺の西に住む旗本が多かった。

預かった着物はどれもが絹や縮緬といった上等なものだった。板張りですむ木綿などと違い、料金も割高だ。それだけ手間もかかるし神経も使うが、売り上げはよくなる。

「まあ、あんたはその心意気でここまでやってきたんだからね」

おつるは「あいよ」といって、作りたての煮物を出してくれる。南瓜と里芋に枝豆が色を添えている。

今吉はそれを酒の肴にして、ちびちびとやる。

「明日も天気はよさそうだ。朝のうちから洗えるだけ洗っておくか」

「ああ、そうだね」

商売柄、雨にたたられると仕事ができない。いつも雨は勘弁だと願っている。とくに衣替えの時季は忙しくなるから、常に天気を気にしている。

「おめえもやるかい」

今吉は居間にあがってきたおつるに聞いた。

「あたしゃ遠慮しとくよ」

おつるはそういって先に飯にかかった。酒は強いほうだ。飲みはじめたら、今吉のほうが先に酔ってしまうほどだ。

それは翌朝のことだった。

朝まだきの暗いうちから井戸端に顔を洗いに行ったおつるが戻ってきて、寝ぼけ眼の今吉に、

「あんた、表見たけど伸子張り何枚だったかね」

と、聞いた。

「六枚だよ。聞くまでもねえだろう」

今吉はあくびをしながら答えた。

「ほら、そうだよね。でも五枚しかないよ」

「なんだって」

今吉は一瞬にして目が覚めた。草履も突っかけず裸足で表に飛び出した。

夜露を嫌って軒下に入れた伸子張りは数えるまでもなかった。たしかに一枚足りない。今吉は真っ青になった。

足りないのは、大身旗本の細田《ほそだ》近江守《おうみのかみ》様から預かった奥様のお召し物だった。

絹織物で預かったときに、これは上等な着物だと目をみはったほどだ。

——これは奥様が殊の外大事にされておる一枚。そのほうの評判まことによろしいので、ひとつよしなに頼むが、くれぐれも丁重に扱ってもらう。

着物を持ってきた細田家の用人は、慇懃《いんぎん》にいいながらぎらりと目を光らせて今吉を見据えた。背筋が冷たくなり、脇の下に汗をかいたほどだった。これは粗末にできないというのは受け取って、畳紙《たとうがみ》を開けてすぐにわかった。

金糸銀糸を使った綾織物で、花鳥風月を見事に散らしてあった。一両二両で買える代物ではない。おそらく五十両は下らぬだろうと身の引き締まる思いがした。もしなくしたとなれば、とんでもないことになる。弁償できる代物ではない。

「お、おつる、た、大変だ。ほ、ほんとにねえ。さ、探すんだ。飯なんかどうでもいいから、探すのを手伝ってくれ」

今吉は家にとって返すと、へどもどしながらおつるをせっついた。

三

「まこと過ごしやすい季節になりましたね。昨夜は虫の声が耳に心地ようございました。あれは蟋蟀《こおろぎ》かしら、それとも鈴虫かしら……」

安江はそんなことをいって夫の清兵衛に食後の茶を出した。

「そうだな。今朝は鳥の声で目が覚めたが、雀ではなかった。目白はこの季節には滅多に見ぬから、何であったろう」

清兵衛はてんで違うことを口にして庭を眺め、ふうと湯気を吹いて、茶に口をつけ、あちっと口を離した。

「あれ、あれ、慌てて飲むからですよ。湯呑みを持てば熱いとわかりましょうに」

「それならそういってくれればよいだろう。熱いから気をつけろと……」

「子供ではないのですから……」

安江はぷいと横を向いて、片づけた器を持って台所に下がった。

（せっかく風流な話をしておったのに……）

やれやれと清兵衛は首を振り、やっと茶を飲み、台所に立っている妻の後ろ姿を眺める。昔はおっとりして面倒見のいい女だったのに、隠居して二人だけの生活になって変わってきた。薹《とう》が立つというのはこういうことか。そう思わずにはいられない。

と、何かを思い出したように、安江が急に振り返った。

「あなた様、今日はどこぞへお出かけされますか？」

「まあ気が向けば出かけるつもりではあるが、何かあるのかね……」

「この春洗い張りに出し忘れた着物があるのです。安物ですけれど、あっという間に冬になりますす。その前に洗いに出しておこうと思っているのです」

「そういうことなら、いい職人を知っている」

「それは丁度ようございます。その方に頼んでいただけませんか」

「お安い御用だ」

「で、その職人はどちらの方かしら」

安江は涼しげな目をぱちくりさせる。その両目は若い頃からあまり変わっていない。黒目がちで澄んでいるのだ。そういえば体形の崩れもない。まあ、尻のあたりが四角になってきてはいるが見目は悪いほうではない。

「上柳原町だ。おかみは洗濯屋をやっておって、熱心な職人だ。人柄もよさそうだし、腕もたしかなようだ」

「だったら遠くではありませんね。あとで出しておきますからお願いします」

「うむ、承知した」

清兵衛は茶を飲むと自分の書斎に行き、ぼんやりと庭を眺めた。江戸は秋に入っているが、その日は残暑が厳しかった。暑くなったり涼しくなったりを繰り返して、季節は移ろいゆくのだなと、夏に植えた朝顔を眺める。そういえば朝顔売りの声を聞かなくなったことに気づく。

日記を開き、何かを書こうと思うが、例によってとくに書くことがない。備忘録にでもすればよいのだが、日をまたぐと昨日のことを忘れているし、書く気にならない。

ぱたりと日記を閉じたのは、書斎に入って半刻ほどたった頃だった。家にいてもやることはない。

「安江、着物を出しに行ってこよう」

掃除中の安江に声をかけると、そこに出してあるという。座敷の上がり口に風呂敷包みがあった。

「では、ちょいと行ってまいる」

「お昼はどこかで召しあがってくるのですか？」

それは余所《よそ》で飯を食ってこいというふうに、清兵衛には聞こえる。

「素麺《そうめん》でもすすってこよう」

もう返事はなかった。おそらく昼餉を作る手間が省けたと思ったはずだ。清兵衛はパタパタというはたきの音を聞きながら家を出た。

やはり表は暑かった。昨日とは大違いだと、中天に昇った日を見てまぶしさに目を細める。洗い張りをする着物を包んだ風呂敷を持ち、本湊町から船松町一丁目に入ると、わざと河岸道に出る。

そこは大川の河口でもあり、江戸湾の一部でもある。少し先の沖に浮かぶのは石川島と佃島だ。そのずっと先には陽光うららかな海が広がっている。

海を眺め、通り沿いの商家を眺め、店の前に置かれた植木鉢を眺めながら足を進める。

今吉という洗張屋には昨日会ったばかりだが、早速注文をするとなるとさぞや喜ぶであろうと、人のよさそうな顔を思い出す。おつるというはたらき者の女房も、コロコロ太った体に愛嬌のある顔をしていた。

明石橋をわたり、南飯田町から上柳原町に入った。このあたりは市中の外れといってもよい土地なので、閑静な町屋だ。人通りもさほど多くはない。

今吉の店の前には板張りや伸子張りをされた洗濯物が出されていた。天気がよいので乾くのも早いはずだ。

店の戸口に掛けられた暖簾《のれん》が風に揺れていた。掛看板に「洗張　洗濯」という文字があり、腰高障子にも同じ文字が書かれていた。開け放たれた戸口の先にある土間に、大きな盥が二つ置かれ、洗い張り用の張り板が何枚も立てかけてあった。

「ごめん」

声をかけて敷居をまたいだが、店のなかには誰もいなかった。奥にいるのだろうと思ってもう一度声をかけたが、やはり返事はない。

「おかしいな」

一度、表に出て通りを眺める。板張りと伸子張りのそばにも今吉夫婦の姿はない。

「出かけているのか……」

ひょっとすると仕上がった洗い物を届けに行っているのかもしれない。そう思って、店に入ったすぐの框《かまち》で待つことにした。

そのまま小半刻ほど待ったが、今吉もおつるも帰ってこない。ならば近くの茶屋にでも行って暇を潰そうと考え表に出たときだった。

「あ、これは昨日の……」

声をかけてきたのは今吉だった。

四

「おお、待っておったのだ。じつは……」

「あの、その桜木様……」

今吉は清兵衛を遮って、生唾を呑み込んで言葉をついだ。

「じつは昨日伸子張りをやっておったのですが、そのうちの一枚がなくなり、探しているんですが、どこにもありません。それで困っているんです」

「なくなったというのは、消えたということか？」

そうですとうなずく今吉の顔色は悪く、表情もかたい。

「こんなことは初めてのことで、困っているんですが、もっと悪いことにあの洗い物はさるお殿様の奥様のお召し物で、それは高直《こうじき》で上等なものなのです。ご家来を二人伴われて見えた御用人様にも、奥様が殊の外大事にされている着物なので、くれぐれも丁重に扱うようにと釘を刺されていたのですが、それがいったい、どうしたわけか……」

今吉はすっかり落ち着きをなくしている。せわしなく足踏みをしてあたりに目を配り、自分の店をのぞいて、おつる、おつると声をかけた。

「女房殿はいないぞ。さっきわたしが声をかけたばかりだ」

清兵衛がいうと、さっと今吉が顔を振り向けてきた。

「どうしたらいいんでしょう。もし、見つからなかったら、わたしは打ち首になるかもしれません。弁償しろといわれても、とてもできそうにもありません」

ああ、困った困ったと、今吉は気が気でない様子である。

「これ、少し落ち着いて話をしてくれぬか。要領を得ぬではないか」

「そうおっしゃっても、とても落ち着けることじゃないんです。いったいどうすりゃいいのか……」

今吉は泣きそうな顔になる。

「消えた乾し物は一枚なのだな。どうして消えたのだ。その経緯《いきさつ》がわかれば、力になれるやもしれぬ」

「へっ、ほんとうにお助けいただけますか」

今吉は小さな目を団栗《どんぐり》のように見開く。

「助けられるかどうかわからぬが、何とかしようではないか」

その言葉に救われた顔をした今吉は、それじゃ店のなかでといって、清兵衛をうながした。

店のなかに入った今吉は、まずは柄杓ですくった水をゴクゴクと喉を鳴らして飲み、それから清兵衛が座っている上がり框に来て話をはじめた。

清兵衛はひととおりのことを聞いてから口を開いた。

「すると、その着物は夜のうちに消えたというわけか。誰かに盗まれたのか、風で飛ばされたのか、それはわからぬというのだな」

「へえ、さようで……」

「昨夜は風は強くなかったはずだ」

「だから見つけられるはずなんですが、どこにもないのです」

「おそらく誰かの悪戯か、盗まれたと考えるのが妥当だろう」

「いったい誰がそんなことを……」

「それはわからぬ。消えた着物は殿様から預かったといったが、どこのなんという方だ？」

「本願寺そばにお住まいの、細田近江守様とおっしゃる寄合旗本です。着物はその奥様のもので……」

寄合なら、無役ではあるが家禄は三千石以上ということになる。若年寄の支配下にある旗本だ。

清兵衛は少々厄介だなと思った。町奉行は幕臣を管掌していない。清兵衛も現役時代は、管理監督外にある武家の事件や問題には神経を使ったし、調べも容易ではなかった。

「よく考えてみよう」

清兵衛は腕を組んでから、もう一度昨夜からのことを話してくれと今吉にいった。

「あんた！」

突然、戸口におつるがあらわれた。髪を振り乱した顔は汗びっしょりだ。

「あったか？」

今吉が尻を浮かして聞いたが、おつるの首はか弱く横に振られた。

五

清兵衛は上がり框に腰を下ろしたおつるを見ていった。

「大変な着物をなくしたというのはわかった。そして、探してもどこにもなかった」

「どうすればいいんです？」

おつるはすがるような目を清兵衛に向ける。

「近所づきあいはどうだ？」

「は」

「は？」

夫婦は同時に声を漏らし、清兵衛を見てまばたきをした。

「近所づきあいはよいほうか悪いほうかと聞いておるのだ」

夫婦は互いの顔を見合わせ、

「悪いほうじゃないと思います。揉め事もなにもありませんし、普通にしていま
す」

と、今吉がいう。おつるも、そうだねとうなずく。

「人に恨まれているようなことはないか？」

「滅相もない。あっしらは人に迷惑かけたことなんざ、神かけてもございません」

今吉は、どうしてそんなことを聞くのだと言葉を足した。

「誰かの悪戯かもしれぬが、消えた召し物の値打ちを知っている者が盗んだのか

もしれぬ」

「値打ちを知ってりゃ、みんなかっ攫《さら》っていくんじゃないんですか。なくなっているのは、一枚なんです」

ふむ、そうだなと、清兵衛はうなるような声を漏らすと、やおら立ちあがって表に出た。今吉とおつるがついてくる。

「消えたのはこれか……」

清兵衛は軒下に吊してある干し物を見ていう。

それは、戸口近くの支柱と反対側の支柱の間に張り渡されている。両端の張り木で着物を挟み込んであり、張り木には紐がついており、それを柱にきつく結んである。それが軒の天井から、地面近くまで幾重にもなっている。

消えているのは地面に近い一枚だった。いくら風が強かったとしても、上のものが残っていて、下の一枚だけが外れて飛ばされるというのは考えにくい。

「これは簡単に取れるのか。あちッ」

清兵衛は伸ばした手を慌てて引っ込めた。

「気をつけてください。伸子で引っ掻くことがよくあるんです」

伸子は細い竹製の串で、その先には針がついているのだ。その針で生地を刺し留めてある。

清兵衛は指につばをつけてから考えた。徒《いたずら》に盗もうとすれば、針で怪我をするだろう。すると、伸子張りのことをよくわかっている者が盗んだと考えるべきだ。

「商売敵はいるか？」

清兵衛は今吉とおつるを振り返って聞いた。

「商売敵……」

今吉は少し考えてから答えた。

「この辺には同じ商売をしている者はいませんね。近くだと木挽町《こびきちょう》か、南八丁堀にいるぐらいでしょう」

おつるがそうだねと、横から言葉を添える。

「……それならちょいとわたしがあたってこよう。様子を見てあやしいようだったら話を聞いてみる。これは悪戯だとはとても思えぬし、風で飛ばされたというのも考えにくい」

「あっしもそう思うんです」

「それで、消えた着物はいつまでに返すことになっている？」

「急ぎはしないといわれましたので、十日か半月はかかると先様には伝えてあります」

「まだ、日にちはあるんだな」

「へえ」

「でも桜木様、もし泥棒なら番屋なり御番所に相談するほうがよいのではありませんか」

おつるが不安げな顔を向けてくる。

「それもよいだろうが、もし相談したばかりに細田の殿様の耳に入ったらいかがする。騒ぎが大きくなったら困るであろう」

おつるも今吉も、「そうか」という顔をした。

「とにかくわたしにまかせておけ。それから、戸口のところに風呂敷包みがある。わたしの妻の着物だが、洗い張りを頼みたい。いまは気が気でないだろうから、この一件の片がついたあとでよい。さして急ぎはしないのでな」

「はは、ご面倒をおかけいたしますが、何卒《なにとぞ》よろしくお願いいたします。桜木様がいまは頼りです。これ、おめえも……」

今吉にいわれたおつるが慌てて頭を下げ、どうかお助けくださいと、ふるえるような声を漏らした。

清兵衛は今吉の店を離れると、その足で木挽町に向かった。盗まれた着物はおそらく自分には手の届かぬ高直なものであろう。

今吉に注文をしたのは寄合旗本である。役に就いていなくても、三千石は下らぬ家禄があるのだ。ひょっとすると、五千石取りかもしれぬ。そんな相手の召し物を盗まれたとなれば、今吉夫婦にはいいわけはできぬだろうし、まして弁償などできぬはずだ。

恐懼《きょうく》している夫婦の顔色を見れば、じっとしておれない清兵衛である。

築地堀の畔を辿っているが、大名家と旗本家の屋敷が目につく。そういった屋敷からの洗い張りや洗濯の注文は少なくないはずだ。

武家地が途切れて木挽町の通りにやってきた清兵衛は、視線をあたりにめぐらした。探すのは洗張屋である。

見あたらない。一丁目のほうへゆっくり足を進める。

路地口に来れば、足を止めて奥を眺める。そうやって木挽町一丁目の先、松村町まで行ったが洗張屋も洗濯屋もなかった。

ならば向こうかと、来た道を引き返す。

見つけたのは木挽町六丁目と七丁目をわける路地だった。ひとりの女が盥につけた赤い蚊絣《かがすり》の着物を踏み洗いしている。

その横で、格子縞の着物に藍色の細縞の前垂れをつけた女と、片肌脱ぎの男が伸子張りをしている最中だった。女は手拭いを被り、襷掛けに駒下駄履きである。

清兵衛はその三人に近づいて声をかけた。

「精が出るな」

ひょいと顔を向けてきたのは、伸子張りをしている男の職人だった。

六

顔を向けてきた男は、褒められた面相ではなかった。一言でいえば鬼瓦。ゴツゴツしたそんな顔つきで目つきも職人らしくない。

だが、清兵衛は柔和な笑みを浮かべて、

「この時季は忙しいのだろう」

「へえ、春と秋は稼ぎどきですからね」

職人は伸子張りの手を休めずに答える。その手さばきは慣れたもので、鮮やかである。細い伸子をぴんと張った着物につぎつぎと打っていく。

「終わったら糊付けしてくれ」

男はいっしょに作業している女に命じた。よく見れば、その女は日に焼けた顔にしみを散らした大年増だった。鬼瓦の女房かもしれない。

「それは伸子張りというらしいが、着物は反物に戻すんだね」

清兵衛はのんびり顔で訊ねる。

「縮緬や紬《つむぎ》は濡らすと縮むんで、上物は板張りはしませんから」

鬼瓦は愛想のない顔で答える。仕事の邪魔だという物いいだ。

「邪魔をして悪いが、教えてくれぬか。そのいまやっている着物は絹織りだと思うが、反物に戻して一枚にするんだな」

「さようで……」

鬼瓦は手許の伸子を刺す作業をしながら答える。

「なぜ、そんな手間をかけるんだね？」

鬼瓦は手を休めて、腰をたたき、背筋を伸ばして清兵衛を見た。

「お侍、商売の邪魔に来たんじゃないでしょうね。こっちは天道様と勝負の仕事なんです。もっともこう晴れてちゃ困るが……」

「晴れているほうが乾きが早いのではないか」

清兵衛は遠慮なく聞く。

「日が強いと布地が焼けるんです。だから薄曇りぐらいがいいんです」

「ほう、さようであったか。それは知らなかった。それで、着物を一枚に戻すのはどういうわけなのだ？」

「いったでしょ、上物は洗うと縮みやすいんです。それに糸くずやゴミがついているから、それを取り除かなきゃならんのです」

「着物をほどいて一枚にするのはそういうことか。なるほど、それは誰がやるんだね？」

鬼瓦は「こいつ」ですと、作業をしている年増女を顎でしゃくった。やはり鬼瓦の女房のようだ。ちらりと清兵衛を見て会釈をした。

「おとっつぁん、一休みするかい？」

盥の着物を踏み洗いしていた女が声をかけてきた。それで、鬼瓦の娘だとわかった。

「そうだな」

答えた鬼瓦は、清兵衛をじろりと見て、

「一服つけますんで、茶でも飲んでいきますか」

と、一方の床几をうながした。

「忙しいところすまなんだ。職人の仕事を見ていると、わからぬことがあり、どうにも気になってな。わたしは暇な身だからとくにそうなのだ」

「暇そうに見えますよ」

鬼瓦はにこりともせずに言葉を返し、欠け茶碗に茶をついで、どうぞといってわたしてくれた。顔に似合わず、案外親切な男のようだ。

「では、遠慮なく」

といって、清兵衛は鬼瓦の隣に腰掛けた。女房と娘もそばに来て、親切にも女房が茶菓を出してくれた。

「着物をほどいて一枚の反物にするために、縫い付けるんです。それを端縫いというんですがね。上方のほうじゃ悉皆屋《しっかいや》というのがやっていると聞きますが、江戸じゃてめえでやるか紺屋《こうや》に頼むかです」

「ほう」

そうであったかと、内心でつぶやいて感心顔をする清兵衛は、今吉のところはどうしているのだろうかと思った。

「暇だとおっしゃいましたが、ご隠居ですか？　それともお役目が休みだとか……」

「隠居の身だ」

「それにしちゃ若すぎやしませんか」

鬼瓦はじろりと見てくる。

「こう見えても五十二になる」

「へえ、もっと若く見えますね」

娘が驚き顔を向けてきた。年の頃、十七、八といったところか。化粧気はないが、すべすべした肌に頰がほんのり赤い。母親似のようだ。父親に似なくてよかったと、清兵衛は勝手に思う。

「嬉しいことをいってくれる。ところで、昨夜はどこで何をしていた？」

これが一番聞きたかったことだ。

表情の変化を見逃さないために、鬼瓦をまっすぐ見る。もっとも怪しまれぬように、口の端に笑みを浮かべているが。

「昨夜……昨夜は家にいましたよ。おかしなことをお訊ねになる」

「仕事を終えて家でゆっくりしていたということか。外出はしなかったのだな」

「しませんよ。仕事が終わりゃ一杯やって飯を食って、一日が終わるんです。年がら年中そんな按配ですよ」

「女房殿も……」

「あたしは夜歩きなんかしませんよ。それに夜は夜でやることがあるんです」

「おっかさんははたらき者だから、夜も端縫いをやったり湯のしをしたり忙しいんです」

娘が説明した。

この三人に疑うようなことはなかった。だが、清兵衛はあることに気づいていた。

今吉は仕事が手につかなかった。近江守様の奥様のお召し物が、もし見つからなければ、自分はいったいどうなるのだろうか？　あのお召し物は自分に弁償できる代物ではない。どんないいわけをすればよいのだろうか？

「はー」

今吉は大きなため息をつく。もうそれで何度目だろうか。数え切れないほどだ。

「あんた、あの桜木ってお侍、ほんとうに探してくれるのかね」

おつるがそばにやって来ていう。今吉と同じように、普段の落ち着きを失っている。

「ああ、あの人が探してやるというからな」

おつるが小太りの体を寄せてくる。愛嬌のある顔が疑わしげだ。

「なんだ……」

「からかわれてんじゃないだろうね。だって、あのお侍に会ったのは昨日じゃない。よく知らない人だよ。信用できるかね」

「だけど、親切にいってくれてんだ」

「どうしてそんなに親切になるんだろう？　ほんとはさ……」

おつるは声をひそめる。

「あの人が盗んだんじゃないかね。盗んでおいて善人顔をして力になってやるといって、やっぱり見つからなかった、なんてことになったらどうする。そういう人がいるじゃないのさ。ほんとうにあのお侍をあてにしていいのかい」

「……そうか、そういわれりゃそうかもしれねえが、他に頼る人がいねえじゃねえか」

「やっぱ番屋に相談したほうがいいと思うんだけどね」

「で、でもよ、桜木さんがいったように、相談したばかりにどっかにいっちまった着物のことが、細田の殿様の耳に入ったらどうする？」

今吉はそのときのことを考えると、心の臓が縮みあがる。血相変えて怒鳴り込まれたら、どんないいわけをすればいいのだろうか？　いいわけ無用と、バッサリ斬られるようなことになったら……。

そこまで考えると今吉は、ちっとも寒くないのにぶるっと体をふるわせる。

「正直にいうしかないじゃないのさ」

「馬鹿、そんなことで許してもらえるわけがねえだろ。弁償しろといわれたって、できることとじゃねえ。おめえだって、あのお召し物は見てるじゃねえか。どんだけの値打ちがあるかわかってるじゃねえか」

「じゃあどうするっていうのさ」

「それがわからねえから困ってんじゃねえか。たしかに桜木さんは、どういう人なのかわからねえが、力になってくれるといってんだ、今日一日待ってみたらどうだ」

それでもおつるは納得がいかない顔つきで、盥に戻ってやる気なさそうに踏み洗いをはじめた。

そんな姿をぼんやり眺めた今吉は、視線を近所の商家や通りを歩く人に向けた。誰もが泥棒に見えた。あの店の小僧かもしれねえと、暖簾をかき分けて出てきた奉公人を見る。いや隣には意地の悪い親爺がやっている八百屋がある。ときどき、店の前で埃を立てるなと文句を垂れてにらんでくる。あの親爺かも。

それともはす向かいの店のガキかと、通りの向こうに目を向ける。はす向かいの薪炭屋の倅はやんちゃで乱暴者で、ときどき煎餅屋の爺さんの目をちょろまかして菓子を盗んでいる。いやいや、ときどきやってくる振り売りの竹屋かもしれねえ。

いま、その竹屋が町の角からあらわれたところだった。

「たァけや、たァけやー、たァけやー」

売り声を聞いた今吉は、耳を塞ぎたくなった。召し物は「たけェよー、たけェよー」と、聞こえたのだ。

(頼みます、見つけてください。桜木様)

今吉は空をあおぎ見て、祈るような気持ちになった。

七

清兵衛は三十間堀に架かる紀伊国橋をわたった先の町屋でも、洗張屋を見つけた。これまで気にしていなかったが、案外そういった店があるものだと、かつて風烈廻り与力として腕をならしたおのれの見落としを恥じた。

その洗張屋への聞き込みを終えると、南八丁堀にまわり、やはり洗張屋に声をかけて話を聞いた。しかし、どの職人にも疑うようなところはなかった。

気がついたときには日が傾きはじめていた。途中で昼餉を取ろうと思っていたが、そのこともすっかり忘れ、洗張屋まわりでその日が終わりそうだ。

暮れはじめた空を眺めた清兵衛は、ひょっとしたら今吉のもとに消えた着物が戻っているかもしれない。それならよいのだがと、あまり期待できないことを考えて、今吉の店に戻ることにした。

腹が減っている。家で朝餉を食べたきり、あとは茶を飲んだだけだ。しかし、今吉夫婦の心配を考えるとじっとしておれない。

今吉の店に戻りながら、考えたことがひとつある。それは、あの鬼瓦の洗張屋に話を聞いているときに気づいたことだ。とにかくそのことを、たしかめなければならない。

自宅のある本湊町を素通りし、鉄砲洲の町をどんどん歩く。町屋の路地や、商家の縁の下あたりからすだく虫の声が聞こえてくる。通りには赤とんぼが舞ってもいた。

今吉の店まで来たが、夫婦の姿はなかった。仲子張りと板張りをされた洗い物が、軒下にしまわれていた。

開け放してある戸口から、「ごめん」といって敷居をまたぐと、土間奥にいた今吉夫婦が即座に振り返った。

「いかがでした？」

目をみはって聞いてきたのは、おつるのほうだった。今吉も気が気でない顔で近づいてきて、見つかりましたかと聞く。

「いや、見つからなかった」

そう答えると、夫婦はがっくりと肩を落とした。

「木挽町と三十間堀町、南八丁堀の洗張屋に話を聞いてきたが、疑うような者はいなかった。この時季はどこも忙しそうで、他に目を向ける余裕のある者はいないようだ」

清兵衛は上がり框に腰を下ろして、

「それで、何かわかったことはないか？」

と、暗い顔をしている今吉とおつるを眺めた。二人ともか弱くかぶりを振る。

「さようか。そこで訊ねるが、消えたお召し物だが、あれはいったん糸をほどいて一枚の反物にするのだな」

「へえ、ほどいたあと端縫いをして一枚物にするんです」

今吉は元気がない。

「その仕事は誰がするんだ？　女房か？」

清兵衛はおつるを見る。

「あたしがやってもいいんですけど、洗濯仕事があるんで、人に頼んでいます。そうしたほうが割に合うんです」

「するとなくなったお召し物も頼んだのだな。それは誰だ？」

おつるは短くまばたきをして、にわかに顔をこわばらせた。

「まさか、おきみさん……」

「あッ！」

今吉も小さな驚き声を漏らしてつづけた。

「まさか、おきみさんが……いや、考えもしなかった。おきみさんはあの召し物を見て、いたく感心していた。こりゃあ滅多に見られるもんじゃない、触れるだけでも果報があったとかなんとかっていっていた」

「でも、あの人が……」

おつるは今吉と顔を見合わせる。

「おきみというのはどこに住んでいる？」

清兵衛は夫婦を眺める。

「南小田原町一丁目です。洗い張りの着物はいつもおきみさんに頼むんです。亭主は染め物職人なんですが、あんまり仕事熱心じゃねえんで、いつも汲々してる男です。でも、おきみさんの仕業というのは、どうかな……」

今吉は首をかしげる。

「わからないわよ。あの亭主はいつもピイピイしているし、あの着物の話をおきみさんから聞いて目の色を変えたのかも……」

「目の色を変えて盗んだってェのか。もし、そうなら承知できねえ」

今吉は片腕をまくって息巻く。

「待て待て、まだそうだと決まったわけではない。あくまでもわたしの推量だ。だが、たしかめる必要はあるだろう。おきみの家に案内してくれるか」

今吉がすぐに応じたが、おつるもいっしょに行くという。清兵衛は何もいわずに、そのまま三人でおきみの家に向かった。

清兵衛は歩きながらどう話を進めようかと、知恵をめぐらした。まだおきみ夫婦の仕業と決まったわけでもなければ、証拠もない。

昼間の暑さは和らいだが、ねっとりと湿り気を帯びた生温かい風が、じわりと汗を浮かべる。もう日の暮れ間近で、雲の隙間から射していた光の条《すじ》も見えなくなっていた。

「ここが義七《ぎしち》さんの店です」

今吉が教えてくれた。紺屋の看板があり、腰高障子に「染め物」と書かれているが、戸は閉まりあかりもなかった。そこは間口九尺の脇店だった。

「家のほうですよ」

おつるがそういって、長屋の木戸口を示した。

「大勢で行くことはない。まずはわたしが話を聞く。おまえさんたちは表で待っていろ」

清兵衛が今吉夫婦に命じると、

「右側の三軒目がそうです」

と、おつるが教えてくれた。

どぶ板の走る長屋の両側にある家は、どこも戸を開け放していた。路地には蚊遣りの煙と炊煙が漂っている。

義七の家の前に立ったとき、時を知らせる捨て鐘が暗くなった空をわたってい
った。

「ごめん」

と、声をかけると、居間で酒を飲んでいた男が顔を向けてきた。亭主の義七だ。

女房のおきみは流しで洗い物をしていたが、戸口に立った清兵衛を見てかたい顔
を向けてきた。

「なんでござんしょ」

義七が欠け茶碗を置いて聞いてくる。

「邪魔をする」

清兵衛は三和土《たたき》にのそりと入って、さっと家のなかに視線をめぐらせ、

「つかぬことを訊ねるが……」

そういったとき、七つを知らせる鐘がゆっくり空をわたっていった。近くの家
から赤子の泣く声と、子供を叱りつけるおかみの声が重なった。

そんな声が静まったときに、清兵衛は言葉をついだ。

「わたしは桜木清兵衛と申す。じつはある探し物をしておってな、それで話を聞

きに来たのだ。なに、手間は取らせぬ」

とたん、おきみの顔色が変わるのがわかった。さっと、亭主に視線を向けもした。

（なるほど）

胸中でつぶやいた清兵衛は、後ろ手で戸を閉めた。義七がぴくっとこめかみを動かして、身構えるように座り直した。

八

「直截《ちょくせつ》に聞くが、洗張屋の今吉を知っているな」

義七は声もなくうなずく。おきみは藁束子《わらだわし》を持ったまま流しの前に立っているが、まばたきもせず無表情だ。

「じつはその今吉に預けられたお召し物がある。細田近江守様の奥様の着物だ。おきみ、おまえさんの名はそうだな」

清兵衛に凝視されたおきみは、うなずいた。生唾を呑むのがわかった。

「その召し物をほどいて端縫いをしたのはおまえさんだな。そう今吉から聞いている」

「は、はい」

「その着物が昨晩、消えてなくなったのだが、何か心あたりはないか？」

清兵衛はおきみから視線を外さずに聞く。おきみの視線が落ち着きなく動き、義七を見る。

「桜木様とおっしゃいますが、それが何かうちに関わりがあるっていうんですか」

「訊ねているだけだ」

清兵衛は上がり框にゆっくり腰を下ろした。

「もし、何か知っているなら教えてもらいたいのだ。心あたりはないか？」

「あれは嬶《かかあ》が端縫いをして今吉さんに返したんです。そのあとのことは知りませんよ」

義七が視線を外していう。酒の入った欠け茶碗をつかみ、喉の渇きを癒やすようにして飲んだ。

「万が一盗んだ者がわかったならば、おそらく命は助からぬだろう。首が飛んでなくなるということだ」

清兵衛は自分の首を手刀で斬る真似をした。義七の顔がこわばった。

「何も知らぬ、心あたりもないのだな」

「へえ、そんなことは……」

「さようか。ところで、その枕屏風のそばに置かれている畳紙で包まれているのはなんだ？」

清兵衛は義七の家に入ったときに、その包み物に気づいていた。

「あんた」

おきみだった。小さな声だったが、悲鳴じみていた。あきらかにおきみは動揺していた。清兵衛はここぞとばかりに言葉をつぐ。

「細田様の着物が無事であれば、いまなら誰も咎めは受けぬ。だが、遅くなれば、そうはいかぬ。おそらく命はないであろう」

「あんた」

またおきみが声を漏らして、居間の上がり口に手をついた。義七の顔色も変わっていた。行灯《あんどん》のあかりを片頬に受けているが、あきらかに顔をこわばらせている。

「暮らしがきつくて、つい出来心で、というのは人間誰しもある。楽をするために邪《よこしま》なことを考えるのも人間だ。だが、まっとうな人間ならそんなことはしない。やってしまったとしても……」

「も、申しわけありません。わ、わたしが、わたしが……」

おきみは立ちあがったと思うや、そのまま土間に膝をついて頭を下げた。

「おきみ」

義七がしまったという顔をして声をかけた。

「おまえたちだったか……」

清兵衛がそういったとき、がらりと腰高障子が開けられ、今吉が顔をあらわした。背後にはおつるもいた。

「おまえさんたち、何てことをしてくれたんだ。おれがどれだけ気を揉んだか。どれだけ不安になったか」

今吉は固めた拳をぶるぶる震わせていた。

「今吉、おつる、ちょいと黙っていてくれるか。話はわたしがする」

清兵衛は怒り顔をしている今吉夫婦を制してから、おきみに立つようにいった。

だが、おきみは両手両膝を土間についたままだった。

「わたしは隠居侍だ。白状すれば、ここだけの話ですむ。咎めは受けぬ。その包みがそうであるか？」

「も、申しわけもないことで……」

頭を下げた義七は、すっかり酔いの覚めた顔で、今吉とおつるを見て、すまねえことをしたと、頭を下げ直した。

「あっしが嬶を唆《そそのか》したんです。仕事がうまくいかず、手許不如意のあまり、つい魔が差しちまって、嬶の持ってきた着物を見て、こりゃあ上物じゃねえかといえば、とてもその辺の人の着るもんじゃない、古着屋に持っていったって十両、いや二十両はするだろうという。それを聞いたとき、あっしは……」

「義七さん、見損なったぜ。おりゃああんたんちの暮らしがきついのを知っているからこそ、端縫い仕事をまかせていたんだ。おきみさんは腕がいいからいつも安心していたんだ。それを、それをあんまりじゃねえか」

今吉が声を押し殺していう。

「すまねえ」

「すまないじゃすまされないわよ。どれだけ心の臓の縮む思いをしたと思うんだい。生きた心地がしなかったんだよ」

おつるが甲高い声を発した。清兵衛はまあまあと、二人を宥《なだ》めてから、

「着物はここにあるんだな？」

「へえ、そこにあるのがそうです」

　やはり清兵衛が目をつけた畳紙の包みがそうだった。

「無事にあってよかった。もし、古着屋や質屋に行っていたら大事になるところであった。今吉、おつる、見つかってよかったな」

　清兵衛は二人に顔を向けた。

「へえ、ようござんしたが……」

　こんな思いをさせやがってと、今吉は義七をにらむ。

「おまえさんらの腹立ちはよくわかる。いかほど心配し、不安な思いをしたかもわかる。だが、こうやって無事に着物はあった。義七もおきみも、出来心を悔いているようだ。どうだ、ここは穏便にすませるということで収めないか。できないといえば町役を仕立てて御番所で面倒な訴えをしなければならぬ。お調べは一度ではすまぬだろうから、そのたびに町役らに世話をかけることになるし、それなりの物入りになる。今吉、おまえさんの首はつながったのだ。そう思えば気が楽になるだろう。そうではないか」

「ま、そういわれりゃそうですが……」

「今吉さん、おつるさん、すまねえ、ほんとうにすまねえ。これこのとおりだ」

義七は畳に額を押しつけると、枕屏風のそばにあった包みを取って、今吉に返した。

「勘弁してくれ。気がすまねえなら、殴るなり蹴るなり思う存分やってくれ」

短い沈黙があった。

今吉は受け取った包みを見、そしておつると目を見交わし、

「ああ、わかったよ。だけど、とんだ人騒がせだったんだぜ。そのことは忘れるんじゃねえよ」

今吉の言葉に、義七はもう一度すまねえと謝った。おきみは泣き顔で土下座をしたままだった。

九

義七夫婦の長屋を出たときには、すっかり暗くなっていた。それでも満天に星たちがまたたいていた。

清兵衛と今吉、おつるはしばらく黙って歩いた。虫の声が聞こえるだけで、星影を受ける町屋は静かだった。今吉はさも大事そうに、細田家から預かっている

お召し物の包みを抱え持っている。

「桜木様……」

　ふいの声はおつるだった。今吉の店の近くに来たときだ。

　清兵衛は立ち止まったおつるを振り返った。

「いかがした？」

「申しわけありません。あたしは桜木様を疑ったんです」

　ぺこりと頭を下げて顔をあげたおつるは、泣きそうな顔をしていた。

「疑った……」

「はい、ひょっとしたら桜木様が善人ぶって、着物を探してやるというだけで、ほんとうは桜木様が盗んだんじゃないかって」

「わたしが……」

　清兵衛は小首をかしげた。

「申しわけありません。でも、ほんとうに足を棒にして探してくださったんですね。そうとは知らずに、わたしは……申しわけありませんでした」

「ハハハ、さようなことか。なに、気にはしておらぬ。なにせ、そなたらに会ったのは昨日だ。たしかに、わたしは今吉が干していたお召し物を昨日の昼間見ている。大事なものゆえ、不安になればあれこれ疑いたくもなるだろう」

「桜木様、あっしも嬶がいったように、もしやと考えました。大変失礼をいたしやした。それに、うまく収めてくださいました。義七の家でおっしゃったことは、よくよく考えるともっともだと思いやす。これで明日からまた仕事に身を入れることができます」

「うむうむ、それはなによりだ」

「ほんとうにありがとう存じやす」

おつるも倣って頭を下げる。

「いやいや、礼には及ばぬ。それより、わたしの預けた着物、よろしく頼むよ」

「へえ、それはもう、他ならぬ桜木様の奥様のお着物ですから、念を入れて洗わせていただきやす」

「あの、お茶でも召しあがっていかれませんか？　さぞやお疲れでしょう」

おつるが気を利かせていう。

清兵衛はもう茶はたくさんだと思った。朝飯を食ってから、茶だけしか腹のなかには入っていない。そのことに気づくと急に空腹を覚えた。

「いや、まっすぐ帰ることにする。遅くなると妻の頭に角《つの》が生えるからな」

清兵衛はそういって小さく笑った。

「ではまた遊びにいらしてください。何かお礼をしなければなりません」

「そんなことはよしてくれ。それにしても、そなたら夫婦は正直者だな。正直者は馬鹿を見る、損をするというが、そんなことはない。正直者は信用を得る。人として最も大切なことだ」

「そういわれますと、なんだか照れくそうございますよ」

今吉はほんとうに照れ笑いをして、「なあ」と、おつるを見る。

「それより今吉、それはほんとうにお殿様から預かったものだろうな。間ちがいはないと思うが、それを先にたしかめるべきではないか」

清兵衛にいわれた今吉は、はっと目をみはり、

「たしかに、そうだ。おつる、店に先に行ってあかりをつけてくれ」

おつるは少し慌て顔をして店に戻っていった。

「では今吉、わたしはこれで失礼する」

そういう清兵衛に、今吉は二度三度礼を述べてから、急ぎ足で店に戻っていった。

夜風は生温かかったが、清兵衛の心は久しぶりに晴れ晴れとしていた。

なにより、今吉夫婦の心配や不安をきれいに拭い去ってやったのだ。義七夫婦にも無用な罪を着せなくてよかった。

(まるく収まって、なによりなにより……)

ひとり悦に入って本湊町の自宅に帰ったのはいいが、すぐさま安江の叱責が矢のように飛んできた。

「いったいどこをほっつき歩いていたのです。洗い張りに出しに行っただけで、何故こんなに遅くなるのです。夕餉の時刻はとっくに過ぎていますよ」

やはり角が生えていた。

「すまぬ。いろいろあってな。話せば長いのだ」

「何がいろいろです。それで夕餉はどうされるのです。それとも、すましていらっしゃいましたか?」

「いや、まだだ。じつは腹が減っているのだ」

「まったくどうしようもありませんね。いま支度をしますからお茶でも飲んで待っていてください」

また茶か。もう茶はごめんだ。

「おみ足は自分で洗ってくださいよ」

安江はそういうと、ぷいとふくれ面をして台所へ去った。
清兵衛は首をすくめるしかないが、そのとき腹の虫が「グウ」と盛大に鳴いた。

第二章　うなぎ

一

奥平儀右衛門《おくだいらぎえもん》は元は大御番組の組頭だった。

大御番組といえば、番方の雄で、いざ戦となれば将軍直属の軍団となって先駆けを務める。番方のなかでももっとも由緒が古く、番士の多くは格式のある家柄の者が選ばれるので、自ずと誇り高い。

大御番組こそ武門の誉れという気風があり、上士はいわずもがな与力・同心に至るまで同番方に就くことを名誉とした。各御番組の者は、使用する武具に黒地白紋・赤地黒紋などの合印を用い、威厳も高く美々しい行装を纏う。

大御番組は十二組あり、各組には番頭一人、組頭四人、番士五十人、与力十騎、同心二十人の編成となっている。その総数は一千二十人。五万石の大名に比するほどだ。

奥平儀右衛門はその大御番組の組頭であった。役高六百石、躑躅間《つつじのま》席である。

しかし、それは昔の話。

いまは五十七歳の隠居爺にほかならない。もはや昔の威光も権力もない。だが、眼光鋭く矍鑠《かくしゃく》としている。体も六尺はある偉丈夫《いじょうふ》だ。

隠居屋敷は家督を譲った倅の世話で、木挽町築地にあった。この地は、万治元年（一六五八）に海浜を埋立てられてできた土地で、四方を築地堀に囲まれていて、築地本願寺がある。また、南東の本願寺橋から時計回りに、三ノ橋・二ノ橋・万年橋・合引橋・軽子橋・備前橋が架かっている。

儀右衛門の屋敷は備前橋の東の地にあった。南飯田町の西である。敷地は二百坪。千坪あった番町の屋敷に比べればちゃちである。

屋敷住まいの家来もいない。いるのは薹の立ちすぎた老妻と、使用人の下男二人、飯炊き女中のみである。

その使用人たちは神経が休まらない。労働はさしてないが、儀右衛門は堅苦しくて驕慢で、かつての威光が忘れられないのか剛直すぎ、隅々に目を光らせ些細な粗相を見逃さず、即座に叱りつける。

その日の朝餉の席でもさようなことがあった。

妻の清野《きよの》が味噌汁の椀を儀右衛門の高足膳に置いたとき、手許が狂って汁がこぼれたのだ。清野はハッと顔をこわばらせた。そばに控えていた下男の是助《これすけ》と常松《つねまつ》、そして女中も、それに気づき息を呑んで緊張した。

「つまらぬ粗相を……」

儀右衛門は苦々しい顔でつぶやき、妻を見て言葉を足した。

「慌てて置くからだ。子供ではないのだ。いい年をして……」

「申しわけございません」

清野は深く頭を下げて謝る。

二人の下男と女中は、短い注意ですんだことに胸を撫で下ろした。

その使用人たちがほっと一息つけられるのは、儀右衛門が日に何度となく外出をしているときのみである。

そして、今日も儀右衛門はちゃちな二百坪の屋敷を出て、散策に出かけた。昂然と胸を張り、大股で闊歩する。以前なら少なくとも四、五人の従者がいたのだが、いまは犬一匹さえいない独り歩きである。

築地堀に架かる備前橋をわたると堀沿いの道を歩く。しばらく大名屋敷の築地塀がつづき、堀川の水があかるい秋の日射しを受けてきらきらと輝いている。

その照り返しが儀右衛門の老顔にあたる。髷は銀色、白眉、日に焼けた顔には無数のしみが散り、しわが深くなっている。鼻から口にかけての法令線が深く、頑固さを強調している。目の下の皮膚はたるんでふくらんでいる。

儀右衛門は軽子橋まで来て足を止めた。以前この近くで出会った町人に橋の由来を聞いた。なんでもその昔、橋のそばに舟がつけられ、荷揚げする人夫をさす「軽子」が大勢はたらいていたからだという。

「いつの頃だ？」

と、問えば、町人はそれはわからないと首をかしげた。

（そんなこともわからずに知ったふうな口を利きおって……）

儀右衛門は胸中で毒づき、堀川の向こうにある豊後岡藩の上屋敷に目を向けたことを思い出した。

そのまま歩を進め、くだらぬことを思い出したと、内心でつぶやく。話し相手がいないので、声に出さない独白が多くなっている。

合引橋まで来て、また足を止めた。この橋の名前は振り売りの行商人に教えてもらったのだった。例によって、なぜそんな名がついたのだと問うた。行商人はわからないと首をかしげた。まったくぼんやり生きているやつだと思ったが、いまだに橋の名の由来はわからずじまいだ。

（なぜ、わしは橋の名など気にする。どうでもよいことではないか……）

ふっと、自嘲の笑みを浮かべ、もう築地堀をぐるぐるまわるのも飽きてきたと、吐息を漏らした。橋の向こうに目をやり、そのまま歩いて南八丁堀の町屋に出た。と、鼻をくすぐるいい匂いが漂ってきた。儀右衛門は白眉を動かし、カッと目を光らせた。どこだと、周囲を見まわす。

まごうかたなく匂いは鰻である。儀右衛門は鰻に目がない。なにより土用の丑の日は、正月よりも楽しみである。今年も鰻をたらふく食したが、毎日でも食べたい。匂いを嗅ぐだけで涎《よだれ》が出そうだ。

実際、むんと引き結んでいる口の端から涎がしみ出たので、慌てて手拭いで拭いたほどだ。

（どこだ、どこで鰻を焼いているのだ）

匂いに釣られながら歩いていると、見つけた！

屋台店でもなく天秤棒での担ぎ売りでもない、ちゃんとした店だった。軒先の行灯と腰高障子に、「おおかばやき　めし」と書かれている。

格子窓からもうもうと香ばしい匂いといっしょに煙が出ている。口中に唾がたまってきた。朝餉を取ってさほどたっていない、かといって昼餉には早い。早いがもうどうにもたまらぬ。

鰻といえば神田の「柳家」、四谷の「うな福」、浅草の「うな満」であるが、この店は知らなかった。暖簾に「前川」とある。おそらく目の前が京橋川からつづく八丁堀だからだろうと、勝手に推測して、暖簾をくぐった。

「いらっしゃいませ」

縞木綿の前垂れをつけた年増女が迎えてくれた。板場では捻り鉢巻きをした料理人が渋団扇を使って鰻を焼いている。

客はいなかった。儀右衛門は小上がりの縁に腰掛け、
と、年増の女中かおかみかわからぬ女に聞いた。

「もうできるのか？」

「へえ、できます」

「ならば、蒲焼き飯を頼む」

壁に品書きが掛けてあり、蒲焼き二百文とあった。まあ、相場であろう。

儀右衛門はついでに一合の酒と香の物を注文した。酒の肴は鰻の焼ける匂いだけで事足りるが、そこは元大御番組組頭の見栄である。役高六百石、躑躅間席だったという矜持《きょうじ》は、体の奥底といわず隅々にしみついている。

胡瓜と茄子の漬物を肴に嘗めるように酒を飲んでいると、蒲焼き飯が届いた。こんがり焼けた蒲焼きにかけられたタレが、表から射し込む光を照り返している。タレは白い飯にもしみている。

儀右衛門は食した。うまい、うまい、うまくてたまらぬ。こんな店が近くにあったとは幸甚。ありがたや、ありがたやと心中でつぶやきながら、あっという間に平らげた。

一膳では足らぬ。もう一膳所望する。それもあっという間に平らげる。

「お侍様、おいしそうにお食べになりますね」

女中かおかみかわからぬ女が来て微笑む。

「わしは鰻が大の好物なのだ。向後はこの店を贔屓にしよう」

鰻を焼いている亭主に声が聞こえたらしく、よろしくお願いいたしますといわんばかりの笑みを浮かべ頭を下げた。儀右衛門は体も大きいが、声も大きい。

結局、三膳を食してやっと腹が落ち着いた。その間に二組の客が来て、さもうまそうに鰻を食べている。品のいい老人夫婦と、いかにも風流を好む文人ぽい二人組だった。

「いやいや、結構な味だった。うまかったぞよ」

食後の茶を飲んだあとで、勘定を頼んだが、はたと懐をまさぐって財布のないことに気づいた。

あれ、あれ、持ってこなかったか、はてはどこかで落としたかと、内心で焦った。よくよく考えても、記憶が薄い。財布を持って屋敷を出たような気もするが、忘れたような気もする。

「お侍様、いかがされましたか……お代を頂戴したいのですが……」

おかみとも女中ともつかぬ女が、商売用の笑みを消し、疑わしそうな目を向けてきた。

「相すまぬ。うっかり財布を忘れたようだ。わしはあやしい者ではない。あとで届けるので少し待ってくれぬか」

「それは困りましたね。少しお待ちください」

女中かおかみかわからない女は、鰻を焼いている亭主のところへ行き短く話をした。すると、亭主が板場から出てきた。

「お侍様、食い逃げは困りますね。うちは現銀商売なんです。金がなければ、馬をつけてお屋敷まで伺うか、お腰のものを預からせてもらいます」

付け馬をつけるか、刀を預かるなどとは失礼千万。儀右衛門は、「なにを」という顔で亭主をにらんだ。

「わしを信用できぬと申すか」

「お侍様は一見《いちげん》ですし、信用しろといわれましても困るんですよ。それに、同じように食い逃げした侍はひとり二人ではないんです」

「食い逃げ侍といっしょにされてはかなわん。払うものはちゃんと払う。武士に二言はない」

「いえ、そういうのが信用できねえんです。みんな同じようなことをいうんです。とにかく付け馬をつけるか、刀を預からせてもらいます」

「ならぬ！　きさま、誰に向かって口を利いておるかわかっておるのか！」

胴間声を発したが、亭主は肚が据わっているのか動じない。他の二組の客が驚き顔で儀右衛門を見た。

「おその、親分を呼んできてくれ」

と、女中かおかみかわからない女に命じた。

「親分だと……」

儀右衛門は白眉を動かしてにらみつけるが、亭主は腕を組んで通せんぼうをするように仁王立ちになった。

二

ほどなくして儀右衛門の前に、町の岡っ引きがやってきた。がっちりした中背の怒り肩で短足、そして三白眼だった。決して人のよさそうな顔には見えない。呼びに行った女が、そのお侍ですと、儀右衛門を見ていう。

「親分、またかもしれねえ」

店の主が岡っ引きを見る。

「しかたねえな。お侍、どちらの方か存じませんが、お代はきっちり払ってもらわなきゃ困りますよ」

「誰も払わぬとはいっておらぬ。なんだ、きさまは？」

儀右衛門はやってきた岡っ引きをにらみ据えた。相手も負けじとにらみを利かせてくる。

「あっしはこの町を預かっている東吉《とうきち》といいやす。名乗ったんです、お侍の名前を教えてもらえますか」

東吉という岡っ引きは、十手をちらつかせて凝視してくる。胸くそ悪いが、儀右衛門は答えた。

「わしは奥平儀右衛門と申す。あやしい者ではない」

「この店はよく食い逃げにあうんです。この前も見知らぬ侍がやってきて、金も払わずとんずらしてます。そのちょい前にも同じことがあったんだな。そうだな長作《ちょうさく》さん」

東吉は亭主を見ていう。亭主の名は長作というらしい。

「へえ、これで三度目です」

「待て、三度目とはなんだ。わしは払うといっておるのだ。逃げも隠れもせぬ。それを食い逃げと決め込むとは無礼であろうッ！」

「そんなでけえ声出さなくても聞こえてますよ。とにかくお侍の家までごいっしょしますから、行きましょう」

東吉は耳をほじりながら表口へうながす。

儀右衛門は立たなかった。そのまま長作という主をにらみつける。よく見ると、猿に似ている。それに赤ら顔だ。豆絞りの手拭いで捻り鉢巻きをしているが、髷はほとんどない。

「主、わしに恥をかかせたな」

「お侍、そりゃないでしょう。鰻を三杯食べているんですよ」

「お酒も飲まれた」

おかみなのか女中なのかわからない女がいう。その顔から愛嬌のよさは消えている。いまやきつい目をしている。とんだ大年増だ。

「そなたはこの店の女中か、それとも主の女房か？」

「あっしの女房です。おその、向こうのお客さんが勘定だ」

長作がそういうと、おそのという女房は二組の客にお代をもらいにいった。その客たちがものめずらしそうに儀右衛門を見てきた。

「よし、わかった。東吉とやらついてまいれ」

儀右衛門は他の客の視線を外して立ちあがると、先に店を出た。すぐに東吉があとを追いかけてくる。

「奥平さん、逃げちゃだめですぜ。あっしはこう見えても足は速いんです」

儀右衛門は東吉をにらみつける。

「敵に背を向けるような無様なことをするかッ。このたわけ」

「けッ、たわけはないでしょ」

「町の岡っ引きは付け馬もやるのか？」

「あの店で二件の食い逃げがあったんで、頼まれてんです。町の厄介ごとを片づけるのはあっしの仕事ですからね。まあ、気を悪くしてるんでしょうが、金も持たずに鰻を食うというのはいただけねえでしょう」

「わしは財布を忘れただけだ」

「みんな同じようなことをいいます」

　儀右衛門はむんと口を引き結んだ。まさか、町の岡っ引きに嘗められた口を利かれるようになるとは思わなかった。考えれば、あの鰻屋の主も人を罪人のような目で見て、生意気な口を利いた。

（このわしに。元大御番組組頭に……）

　よっぽどそのことを口にしようかと思うが、外聞が悪い。元大御番組の組頭が食い逃げをしたという噂が立ったらことだ。それに噂というものには尾鰭《おひれ》がつく。たった鰻三杯、酒一合と香の物だけなのに、鰻屋を騙して金を盗んだ、あるいは鰻屋の女房を手込めにした……。

（馬鹿な）

儀右衛門は心中で否定し、かぶりを振った。

歩いていると、あちこちから東吉に声がかけられる。「こんち親分」「親分、日和がいいですね」「親分、先日はお世話様でした」等々とご機嫌を伺ってくる。東吉はそのたびに、「おう、おう」と、得意げな顔で答える。

儀右衛門は胸くそが悪い。かつて、自分は八十人の家来を束ねていた。配下の者たちは顔を合わせると、平伏するか深く辞儀をしたものだ。だが、いまやそんなことをする者は一人もいない。

やがて堀沿いの道に出た。左側には豊後岡藩上屋敷の築地塀がつづく。その先は旗本屋敷だ。

「まだ先ですか？」

東吉が顔を向けてくる。

「その先だ」

境橋をわたったところが儀右衛門の家だ。家のすぐ近くには備前橋がある。

「待っておれ」

門前で東吉を待たせて家に戻った。

玄関に入ると、老妻が迎えに来た。どちらへおいでになっていらっしゃったのですかと聞いてくる。是助という下男が、あたふたと濯ぎの盥を運んでくるが、儀右衛門は玄関に立ったまま、

「財布をくれ」

と、妻の清野にいいつける。

「お財布を……」

清野は怒気を含んだ夫の顔とその雰囲気に、気後れをしたようにつぶやいた。

「いいから財布を寄越せ。財布でなくとも金だ。一分でよい」

しわくちゃ婆になっている清野は、帯に差し込んでいた財布から一分金をつまんで儀右衛門にわたした。なにか聞きたそうな顔だが、余計なことをいえば儀右衛門の癇癪が起こるので堪えているふうだ。

儀右衛門はそのまま門前に引き返した。貧乏揺すりをしながら待っていた東吉が、餌を待っていた犬のような顔を向けてくる。

「代金だ。持っていけ」

一分をわたすと、東吉はぎゅっとつかんだあとで、

「お釣りはありませんが……」

と、少し困った顔をした。

「釣りなどいらぬ。さっさと持って行け」

儀右衛門は東吉が立ち去る前に門のなかに入り、門扉を閉めて、大きく息を吸って吐き、気を静めた。その門も、番町の屋敷は屋根をのせた立派な上土門《あげつちもん》だったが、いまや簡素な冠木門《かぶきもん》だ。

「是助、是助！」

儀右衛門は下男を呼ばわりながら玄関に向かった。

三

残暑は残っているが、秋めいた空が広がっていた。綿をちぎったような雲が浮かんでいる。ふと道端を見ると、咲きかけの彼岸花を見るようになっていた。

（のんびりしているな）

内心でつぶやく桜木清兵衛は、そんな自分がもっとものんびりしていることに気づき、自嘲の笑みを浮かべて茶に口をつけた。

「何かいいことでもあるんですか？」

声をかけてきたのはおいとだった。清兵衛は稲荷橋際の甘味処「やなぎ」の床几に座っているのだった。

「いや、なにもないが、なぜだね？」

清兵衛はおいとを見る。人あたりのよいふっくらした顔をしている。

「なんだか楽しそうにお笑いになったもの」

「さようか……」

「そうですよぅ。何かいいことがあったのですね。それともあるんでしょうか？」

「いや、これといってないが、いい日和になったと思ったのだ。いい天気ではないか」

清兵衛が空を見やると、おいとも釣られて空を眺める。

「わたしは秋は淋しくなるから、春のほうがいいわ」

「秋が来れば寒い冬がくるしな」

「そう、わたし寒いのが苦手だから」

おいとがそういったとき、店の奥から声が飛んできた。

「いけない、おっかさんにまた叱られる。では、桜木様ゆっくりなさってくださいね」

おいとは愛らしい笑みを浮かべて店の奥に戻った。

「そうだな。秋が深まれば寒くなるし、冬はもっと寒いか……」

どうでもいい独り言をいって茶に口をつけたとき、稲荷橋をわたってくる男がいた。怒り肩で風を切るようにやってくる。短足だ。

「これは親分」

その男が近くまで来たとき、清兵衛は声をかけた。立ち止まった男は岡っ引きの東吉だ。太い眉を動かし、三白眼でにらむように見てきて、

「お、これはご隠居、じゃなかった桜田、桜……」

東吉は名前を忘れているようだ。

「隠居でいいさ」

「なにをしてんです？」

「見ればわかるだろう。一休みだ。茶でも飲んでいかぬか」

「そうだな、じゃあ付き合おうか」

東吉は清兵衛と同じ床几に座って、相変わらず暇そうですねという。

「あら親分、桜木様とお知り合いなの？」

　おいとがやってきて目をぱちくりさせる。

「そうだ。桜木さんだった。ああ、知り合いだ。ちょいと世話になったことがあるんだ。茶をくれるか。団子はいらんぜ、饅頭もだ。ただで食わしてくれるんだったら、遠慮なくもらうが」

「親分、相変わらずね」

　おいとが言葉を返すと、東吉は黄ばんだ歯を見せて、ガハハと笑った。

「なにか調べものでもしているのかね？」

「いや、ここんとこ暇こいてんです。だから、ちょいと見廻りですよ」

「感心な」

「ま、町を預かってるんでやることやらねえと、見放されちまいますからね。お、すまねえな」

　おいとがやってきて東吉に茶をわたした。おいとはそのまま店のなかに戻る。

「親分が暇というのはいいことだ。それだけ町が平穏だという証拠だ」

「そうかもしれねえけど、昨日は食い逃げの付け馬仕事をやりましたよ」

「食い逃げ……」

「一丁目に『前川』って鰻屋があるでしょ。あの店で食い逃げした侍が何人かいるんです。二度も三度もやられたんじゃたまらないってんで、『前川』の親爺に頼まれてたんです。すると昨日もそんな侍がいたんですよ。侍といったって爺ですがね、妙に威張り腐ってやがる。それも鰻を三杯も食ってやがんです」

「あの店の鰻はうまいという評判だな。で、どうしたんだね？」

「爺侍の家までついていってお代をもらいましたよ。財布を忘れたとぬかしてたんですが、釣りはいらねえと一分もくれましたよ」

「それはご苦労だったね」

「くだらねえ仕事だけど、まあおれも頼まれればいやといえねえから……」

　東吉はずずっと音を立てて茶をすすった。

「それにしてもいけ好かねえ爺侍だった」

　よほど印象の悪い老侍のようだ。

　清兵衛は気になってどんな侍だったのか聞いてみた。

「体がでけえんです。六尺はあるかな。銀髪で眉が白いのはいいとしても、やけに目つきが悪い。もっと悪いのは高飛車な物いいをしやがる。こう、威張り腐っているっていうんですかね。奥平儀右衛門とか何とかぬかしたが、いやな爺だ」

「だが、財布を忘れただけで、代金は払ってくれた」

「うまく食い逃げしようと思っていたのかもしれませんよ」

「まあ、あまり人を悪くいわないことだ。うっかり財布を忘れるなんてことはよくあることだ」

「ふん、あんな爺の肩を持つんですか。まあ、桜木の旦那も年だからな」

「口の減らぬやつだ」

清兵衛は笑って茶をすすった。

「桜木さん、またなにかあったら助《すけ》を頼みますよ」

「いやいやそれはご勘弁。わたしは年だからな」

言葉を返すと、東吉はひょいと首をすくめ、見廻りをつづけるといって茶代も払わずに去って行った。

「相変わらずだな」

清兵衛はあきれたように首を振り、おいとに茶代を払って、八丁堀沿いの道を辿った。東吉から聞いたばかりの「前川」には行ったことがない。まだ新しい店だが、うまいという評判だけは聞いている。

一丁目まで歩くと、なるほど鰻を焼く匂いが漂ってきた。匂いに誘われ思わず入りたくなるが、まだ腹は減っていなかった。店の戸口横に焼き場があり、捻り鉢巻きをした赤ら顔の亭主が団扇を使って盛んに鰻を焼いている。

暖簾越しに店のなかをのぞき見ると、三、四組の客がいた。繁盛しているようだ。今度来てみようと思い、そのまま素通りし、ぶらぶらと歩き、浅蜊河岸の前に来たときだった。

「馬鹿者！」

怒声がするなり、ピシッと頰をはたく音がした。

清兵衛がハッとなってそっちを見ると、年のいった老侍の足許に跪《ひざまず》いている男がいた。申しわけなさそうな顔で平身低頭している。そばには風呂敷といっしょに小さな箱と羊羹《ようかん》が落ちていた。

「もういらぬ。帰ってわしの帰りを待っていろ」

老侍は憤怒の形相で跪いている男にいい放つと、そのまま清兵衛の脇をすり抜けるようにして歩き去った。

「あれ！」と、思ったのはすぐだ。さっき、東吉から聞いた老侍ではないか。銀髪に白眉、そして六尺はあろうかという偉丈夫だ。いかにも強情そうな顔つきでもあった。

「どうしたのだね？」

清兵衛は落ちている羊羹を箱に入れている男に声をかけた。

「何でもございません。わたしが粗相をしたばかりに……」

男は泣きそうな顔で泥のついた羊羹を箱に入れ、それを風呂敷で包み直して立ちあがり、ぺこりと頭を下げて立ち去ろうとした。

「待ちなさい」

四

引き止められた男が振り返った。

いかにも気の弱そうな顔をしている。打たれた頰が赤くなっていた。

「立ち去られたのは、そなたの主であるか？」

「さようです。わたしが大事なお届け物を落としたので、叱られたんでございます」

「そなたはあの方の使用人かな」

そう見えた。地味な絣の着物に股引というなりである。

「へえ」

「しかし、往来で乱暴をすることはなかろうに……」

清兵衛は背後を振り返って、男に顔を戻した。

「もしや、いまの方は奥平儀右衛門とおっしゃるのではないか？」

東吉から聞いた名を口にすると、男は驚いたように眉を動かした。

「殿様をご存じなのですか？」

「ほう、するとご主人は旗本か……。いや、よくは知らぬが、先ほど噂を聞いたばかりなのだ」

「えっ、どんな噂です」

今度は、男は驚き顔をした。

「いや、大袈裟なことではない」

「いえ困ります。どんな噂でしょうか？　教えていただけませんか」

男は必死の形相で詰め寄ってくる。

これは困ったなと、清兵衛はまわりを見る。往来で立ち話はできない。具合よく柳の木の下に床几が置かれていたので、

「ここで話すのは人の邪魔だ。あれへまいろう」

清兵衛が柳の下にある床几に腰掛けると、男もついてきて座った。大事そうに

風呂敷包みを膝に置いて抱えている。

そばの河岸場では、ひらた舟から荷揚げをしている近所の奉公人がいたが、清兵衛たちには目もくれずはたらいている。

「わたしは桜木というが、そなたは？」

「わたしは常松と申します。それで、噂というのは、もしや鰻屋のことでは……」

「さようだ。噂というのではないが、町の岡っ引きから聞いたのだ」

「付け馬をした岡っ引きですね。どんなことをお聞きになったのです？」

「待て待て、なぜそう気にするのだ。お代は払ったのだし、ことはまるく収まっているのだ。気にするようなことではないだろう」

「いえ、殿様が気にされているのです。無用な噂が立つようだったら、考えなければならぬと、昨夜はひどく荒れておいでで、手前どもはどうお諫めしたらよいものやらわからず困っていたのです。しかし、ほんとうにそんな噂が……これは困ったなァ」

言葉どおり常松は唇を噛んでの困り顔をする。

「わたしは東吉という岡っ引きから聞いただけだ。あの男は他では話していないだろうから、噂にはなっていないと思うがな」

「いえ、鰻屋で噂が立つようだったら困るのです。殿様は大変なお方だったのですから。桜木様、是非その話を教えてください」

常松があまりにもしつこくねだるので、清兵衛は東吉から聞いた話をそっくり話した。もちろん、いけ好かない爺侍というのは伏せた。

「その岡っ引きの親分は口が堅いでしょうか？」

聞かれた清兵衛は、東吉の顔を思い出して考えた。口が堅いとはいい難い。ぺらぺらしゃべる男だ。

「わたしもよくは知らぬが、町方に使われている男なので、それなりに堅いはずだ」

「御番所の旦那に仕えているなら、その方にも話をするかもしれませんね」

「いや、それは……」

東吉の口が堅いかどうか自信をなくした清兵衛は、言葉をついだ。

「常松とやら、殿様は大変な方だと申したが、どんな方なのだ？」

「困ったなあ。どうしようかな」

常松はそうつぶやいたあとで、清兵衛をまっすぐ見た。

「かまえて他言無用に願いますが、殿様はかつて大御番組で組頭をお勤めになった方なのです」

清兵衛は驚いた。大御番組といえば、武門の誉れ、五番方の雄でもある。その組頭ともなれば、大変な地位だ。清兵衛は町奉行所の与力であったが、大御番組組頭に比べれば格段に下である。

「お住まいはどちらだ？」

「ほんとうは番町なのですが、いまは木挽町築地です」

自宅から近くだ。

「では、隠居されてこちらへ……」

「まあ、さようなことです。それにしても困りました。桜木様、勝手なお願いですが、岡っ引きに口止めをすることはできないでしょうか」

「うむ、まあそうだな。奥平様がさようなお方であったならば、滅多な噂が広がるのは迷惑であろう。わかった話しておこう」

「お願いいたします」

常松はさっと立ちあがって、深々と頭を下げた。

その場で清兵衛は常松と別れて、東吉を捜し歩いたが、いっかな見つけることができない。自身番をのぞいてもその姿はなかった。

それにしても、常松という男に感心をしている清兵衛である。ひどい仕打ちを受けても、一心に主人に仕えようとしている忠僕である。主人の体面を汚さぬように思いやる気持ちが、話を聞いた清兵衛にはよくわかった。

東吉に口止めをするのは容易《たやす》いことだが、常松の主人を思いやる心構えには感服するしかない。それ故に頼みを聞いたのだが、東吉には出くわさない。東吉の縄張りは主に南八丁堀だが、堀向こうにある本八丁堀の町屋も歩いて捜したが見つからない。

日はすでに大きく傾きはじめており、夕風が吹いてきた。赤とんぼも目立って飛びはじめている。

(明日にするか)

あまり遅くなると、また妻・安江の小言を聞くことになる。清兵衛は適当に切りあげて、家路についた。

ところが、南八丁堀の外れでまたもや常松に出くわした。先に気づいたのは常松のほうだった。

「桜木様」

と、呼んで足早に近づいてきた。

五

「いかがした？」

清兵衛が問えば、

「いかがされました？」

と、常松が問い返した。

「東吉のことか。それがまだ会えぬのだ」

「はあ、そうですか」

常松はうなだれて、それは弱ったなと、泣きそうな顔をする。

「殿様が気にされているのだな」

清兵衛が常松の心中を慮《おもんぱか》っていうと、さっと顔があがった。

「なにせ殿様は気位のお高い方なので、いらぬ噂が立てばどうなるかわからないのです。先に手を打つようにと、奥様からとくといいつけられまして……」

つまり、常松は奥平儀右衛門の妻から命じられているということなのだ。しかし、清兵衛には何故そこまで気にするのか得心がいかない。少し大袈裟すぎると思うのだ。

「もし、噂が立ったならどうなるのだ？」

そこで清兵衛はまわりを見た。仕事帰りの職人や、小走りで買い物から帰っている長屋のおかみたちの姿があった。薄暮れており、町の風景は靄がかかったようにぼんやりしていた。

「そこで話そう。あ、使いの途中に酒はいかぬか。ならば、そこの店にしよう」

清兵衛はゆっくり話を聞こうと思い、常松を縄暖簾横の一膳飯屋にいざなった。

「わたしは結構ですので、桜木様はお好きにしてください」

店の床几に腰掛けるなり、常松がいう。眉尻の下がったいかにも気弱そうな顔をしている。小柄で痩せているので、見るからに頼りない印象が強い。

清兵衛はならばと、酒と煮物を注文した。盃は二つ運ばれてきたが、常松はしんみりした顔で座っているだけだ。

「殿様はよほど体面を気になさるのだな。まあ、わからなくはないが、さしたる噂など笑い飛ばしてくだされればよいのに。それにまだそんな噂など立ってもいないし、広がってもおらぬのだ。ただ、財布を忘れて鰻を食べられただけではないか」

「おっしゃるようにしてくだされればよいのですが、そうはいきません。もし、万にひとつということもあります。噂が立ち、殿様の耳に入ったら、どうなるかわかりません」

「どうなるかわからないというのは……」

清兵衛は眉宇《びう》をひそめて盃を口に運ぶ。

「殿様は癇癪持ちなのです。わたしたち使用人だけでなく、奥様も困られます」

「殿様が八つ当たりをされると……」

「はい。でも、それはとてもいえません。ただ、わたしら使用人は、体が凍りつくような恐怖を味わわなければなりません。ですから、殿様の機嫌を損ねないように、お気に召されないことがないように、気を配っています。殿様が家にいらっしゃる間は、気の休まることなどないのです」

「始終ピリピリしていなければならぬということか。それは気の毒だな。しかし、それほど厳しい殿様なら、使用人の苦労は絶えぬだろう。そなたの他に誰がいるのだ？」

「仕えているのはわたしと、もう一人年嵩《としかさ》のお小人《こにん》です。それから飯炊きの女が一人。それだけです。番町のお屋敷にはもっと多くの使用人がいたのですが、こちらに越してきてからはそれだけです。殿様はそのことも気に入らないのですが、どうすることもできません」

「番町の屋敷はどうしたのだ？」

「跡を継がれた若殿様がお住まいになっています」

「何故いっしょに住まわれぬ」

常松は思案顔をして少し間を置いた。

「かまえて他言無用にお願いいたします。若殿様はあまりにもうるさい殿様をお嫌いになって、こちらに小さな屋敷を用意されたのです」

要は邪魔者扱いをされ、倅に追い出されたのだろう。

「殿様は相当うるさいのだな」

「細やかな方ですから……奥様もわたしらも心気症になりそうで……」

常松は心底疲れるという顔で、ため息を漏らす。

「そなたは住み込みか？」

「いえ、通いです」

「他の使用人は？」

みな通いだと常松は答え、一日が終わり家に帰ったときだけホッとできると吐露する。

「では、通うときには気が重いというわけか……」

常松は目を大きく見開いて、「はい」と、うなずく。

「なんだか気の毒であるな」

清兵衛は同情した。

細かいことにケチをつけ、自分が気に入らないと癇癪を起こし、まわりを困らせる人がたまにいる。自分勝手で我が儘、そして傲慢な人間ほど周囲が迷惑する。もっとも忌み嫌われる手合いだ。さらにその人物に権力があれば、始末に負えない。

常松はすべてを語っているわけではないだろうが、日々、身も心も細る思いをしているにちがいない。清兵衛には何となくわかった。

「使用人も大変だろうが、奥様も大変なのだな」

「おそらく三行半《みくだりはん》をほしがっておられると思いますが……」

常松は言葉を濁す。

「とにかく、東吉の口に戸を立てればよいというわけだな」

「そうしてもらわないとほんとうに困るんです」

「よくわかった。これも何かの縁であろう。わたしにまかせておけ。東吉にはよくよくいい聞かせる」

「お願いできますか」

「まかせなさい」

いささか安請け合いだが、常松の弱りきった顔を見ていると、他にいってやるべき言葉が浮かばなかった。

「明日にでもどうなったか知らせるので、お屋敷を教えてくれぬか。いや、直接訪ねて行くような野暮なことはせぬから」

常松は大まかな場所を教えてくれた。散歩を日課にして暇を潰している清兵衛にはすぐにわかった。

店を出ると、そのまま常松は奥平家に戻ったが、清兵衛は安江の小言をもらうのを覚悟で、東吉を再び捜すことにした。

ところが、何のことはない。東吉は南八丁堀の自身番で油を売っていた。清兵衛が表から声をかけると、のしのしと出てきた。

「ご隠居、こんな時分になんです？」

東吉は無愛想な顔を向けてくる。

「親分にひとつ頼みがあるんだ。例の鰻屋の件だ」

「は、何のことです？」

東吉は三白眼をまるくした。

「財布を忘れたお侍がいただろう。そのことだ。変な噂を立てないようにしてもらいたいのだ」

「ああ、あのいけ好かねえ耄碌《もうろく》侍のことですか。あんなこととっくの昔に忘れていますよ。いまはそれどこじゃねえんです」

それを聞いて清兵衛は安心した。

「取り込み中のことがあるんだな」

「へえ、大ありでさあ。あ、ご隠居、いや桜木さん手伝ってくれませんか」

「いやいやそれは勘弁してくれ。わたしはこれでいて忙しいのだ。では、取り込み中の一件が無事に片づくことを祈るよ」

清兵衛は逃げるように自身番の前を離れた。

六

翌朝早く、清兵衛は奥平儀右衛門の屋敷を見つけた。

築地堀に架かる備前橋のすぐそばだった。大きな屋敷を勝手に想像していたが、そうではなかった。敷地は二百坪ほどだろうか。表門も簡素な冠木門だ。

元大御番組組頭の屋敷にしては質素である。もっとも清兵衛には十分な屋敷ではあるが。通りの先にある南小田原町には、開店の支度をしている奉公人や出かけていく職人の姿はあるが、まだ六つ半（午前七時）前なのであたりは静かだ。

備前橋の際に材木が積まれていたので、清兵衛はそこに腰掛けて常松を待った。通いと聞いているので、そろそろやってくる頃である。

（それにしても……）

清兵衛は昨夜帰ったときのことを思い出した。

やはり妻の安江はへそを曲げていた。飯は用意してあったが、お菜の煮物は温めてくれず、そのまま出された。今朝もその残りを出され、会話もはずまなかった。

（ご機嫌を取ってやらねばな）

大事な妻であるから、無下にはできない。そう思う清兵衛は、常松の弱り切った顔が頭にちらついて、昨夜はよく寝つけなかった。

ほどなくしてひとりの男がやってきて、奥平家の屋敷に消えた。常松と同じ使用人のようだった。常松が堀沿いの河岸道に姿を見せたのは、それからすぐだった。

清兵衛は立ちあがって常松を見た。すぐに気づいて駆け寄ってくる。

「おはようございます。昨夜はご面倒をおかけいたしました。それで、いかがでしょうか？」

常松は早速聞いてくる。

「うむ、懸念には及ばぬ。東吉という岡っ引きは、なにやら厄介な調べものをやっているらしく、もう殿様の一件は忘れていた」

「ほんとうですか？」

常松は目を輝かせた。

「嘘ではない。あの件についてはなにも心配はいらぬ。わたしが請け合う」

「はあ、よかった。これで肩の荷が下りました」

常松は心底安堵の顔になって、あらためて礼をいった。

「それにしても大変であるな。まあ、しっかり勤めることだ」

「へえ、ありがとうございます」

常松はぺこぺこ頭を下げて屋敷のなかに消えた。

「さて、どうするか……」

暇になった清兵衛は晴れわたっている空を眺め、近くの町屋まで足を運び、茶屋で一休みすることにした。

床几に座って茶を飲んでいたが、奥平儀右衛門を一目拝んでから帰ろうと、気紛れに考え、しばらく腰を据えることにした。

半刻や一刻、茶屋での暇つぶしは苦ではない。こういった性癖は、粘り強く見張りをやらなければならない、与力時代の名残かもしれないと思いながら、苦笑を浮かべ茶に口をつける。


「では、行ってまいる」

儀右衛門は是助が揃えてくれた雪駄に足を通すと、見送ってくれる使用人と老妻には目も向けず表門に進んだ。門を常松が頭を下げながら開けてくれるので、そのまま素通りして表の道に出た。

いつもの気晴らしの散歩だが、待てよと懐に手をやる。先日のように財布を忘れるような失態は繰り返してはならぬと、自分にいい聞かせる。

（ある）

安心した儀右衛門は、さて今日はどこへ行こうかと少し迷ったが、そのまま堀沿いの道を辿った。ほどなく行ったところが南小田原町二丁目で、その先が一丁目だ。

堀の向こうには築地本願寺の塀と立派な建物が見える。朝日を照り返す荘厳な屋根には、十数羽の鳩が止まっていた。

それにしてもうちの連中は何故に、ああも堅苦しいのだ。いや、それはわしのせいである。それはわかっている。だが、どいつもこいつも卑屈すぎるのだ。長年連れ添った妻さえ、腫れ物にでも触るような接し方をする。

気に入らぬ。だから、わしはますますうるさくなるのだ。そんなおのれのことをわしは好かんのだ。だが、これはわしの気性だ。いとも容易く直るものではない。

そうだ、昨日は羊羹をあの常松が落とすという粗相をしたので、柴田《しばた》殿の家に手ぶらで訪問してしまった。柴田殿はなにもいわなかったが、おそらくわしのことをケチと思ったかもしれぬ。

それはならぬ。そうだ、今日は何かうまいものを見繕って、常松か是助に届けさせよう。

（うむ、それがよい）

と、儀右衛門は内心でひとり納得する。木挽町に上等な菓子屋があったはずだ。

あの菓子を買いに行くか。そうしよう。

儀右衛門は背筋を伸ばし、胸を張り、悠然と歩く。だが、一抹の寂しさがある。

昔はこうではなかった。一人で散歩するなど考えもしなかった。

外出をすれば必ず供がついたものだ。それも一人二人ではなかった。挟箱持ちに若党、中間、小者などと十人は連れ歩いたのだ。

いまや昔のことではあるが、やはり物足りない。

(隠居が早すぎたのだ)

倅に甘かったおのれが悪いのだと後悔するが、その倅のことを思い出すとまた腹立たしい。家督を譲り、楽隠居をしようと思っていた矢先に、あの馬鹿たれの倅はあの手この手を使い、屋敷からまんまと追い出しやがった。

うまくまるめ込まれてしまったと気づいたときは遅かった。わしに似ず弁が立つし、知恵者だからしかたないと、いまの境遇を甘受しているが、気に入らぬことだらけだ。

不平不満をたらたら胸の内で漏らしながら歩いているうちに、木挽町四丁目にある京菓子屋についた。

さもうまそうで見栄えのよい菓子が並んでいる。儀右衛門はこれと、それと、あれを見繕ってくれと店の者に命じた。

「折箱に入れるのだぞ」

言葉を足すことも忘れない。

「ほう、なかなかうまそうな菓子ですな。お気に入りでございますか」

突然、声がかけられたので、横を見ると五十前後の侍が目の前の菓子を眺め、口辺に笑みを浮かべて見てきた。

(なんだこの男。気安い口を利きおって)

儀右衛門はぎろりと相手を見返した。

七

声をかけてきた男は、自分と同じような菓子を物色し、やはり折箱に入れてもらった。

近所には江戸三座のひとつ森田座と、その控え櫓の河原崎座があるので、芝居茶屋も多いが、この京菓子屋は役者たちにも人気があった。

「いや、今日はいいものを求めることができました」

儀右衛門が先に店を出ると、さっきの男がそんなことをいって、

「どこぞへのお土産でしょうか？」

と、聞いてきた。

儀右衛門はぎろりとにらんだが、相手は臆するでもなく、

「わたしは暇を持て余している身で、毎日散策に明け暮れているのです。お見かけしたところ、もしや同じような身ではありませんか？」

と、親しげに声をかけてくる。

「勝手にいっしょにするでない」

「わたしは隠居なのですよ」

うむと、儀右衛門は心中でうなって立ち止まった。

「お急ぎでなかったら、茶でもいかがでしょう。隠居になると、話し相手が少なくて往生しているのです」

「隠居にしては若いのではないか？」

つい言葉を返してしまった。

「こう見えても五十の坂は越えています」

「いくつだ？」

あ、また返答をしたと、儀右衛門は内心でつぶやく。

「五十二です」

「わしは五十七だ」

「すると、同じように隠居されているのではありませんか」

「うむ」

「その先に気の利いた茶屋がございます。いかがでしょう」

男はしつこいが、礼儀をわきまえているようだし、さほど嫌みも感じない。

「ま、よかろう」

男に釣られる形で案内された茶屋に入った。葦簀《よしず》張《ば》りではない、ちょっと小体《こてい》な茶屋だった。

「わたしは桜木清兵衛と申します。本湊町に住んでいます」

「わしは奥平儀右衛門だ。住まいは木挽町築地だ」

「ではご近所ですね」

そこへ店の女が茶を運んできた。備前の器に濃緑の茶が入っている。点てられたのだとわかる。店の女もこぎれいな身なりで品がある。格子窓の外によく手入れをされた庭があった。風流な茶屋がこんなところにと、儀右衛門は感心した。

茶には小さな羊羹が添えられていた。

「奥平様は由緒ある家柄でございましょう。お見かけしただけでわかります。わたしなど恥ずかしい家の出ですから、厚かましすぎますね」

「そうでもないさ。隠居ともなれば、家柄がどうのこうのなど関係ない」

儀右衛門は茶に口をつけた。久しぶりに味わう茶である。

しかし、この男どういう役目にあったのだろうかと考える。身なりも悪くないし、そつのなさそうな顔をしている。元は幕臣であろうが、ひょっとすると、自分より上の者かもしれぬと、わずかに警戒した。

「たしかにおっしゃるとおりです。隠居すれば、凡人以外の何ものでもありません。もっとも奥平様は、一廉《ひとかど》の方だとお見受けしますので失礼でございますね。どうかお許しを」

「隠居前はどんなお務めを……」

もし上の家格なら態度をあらためなければならぬ。儀右衛門は恐る恐る訊ねた。

「御番所の与力でございました」

ホッとした。それならわしのほうが上だと安堵する。町奉行所の与力はお目見え以下だ。わしはれっきとした旗本である。

「しかし、もうそれも昔のことです。勤仕中はやれこれをやれ、こうしろなどと偉そうに配下の者に指図いたし、それ相応に気苦労も多うございました。なにしろ粗相があってはかないませぬからね。しかし、いまやそんな気苦労など無用で、肩の力を抜いてのんびり過ごしています。これほど楽なことはありません。上への気遣いもなければ、下の者に注意を配る必要もありません。早い隠居でしたが、いまは暇を持て余しながらも日々楽しんでいます」

よくしゃべるやつだと思いもするが、いっていることは当を得ている。うまそうに茶を飲むその顔は、言葉どおり楽しそうであるが、精悍な面立ちでもある。能のある与力だったのだろうと、儀右衛門は勝手に推量する。

「なにかご趣味はおありですか？」

「別段ない」

「わたしもないのです。句を詠もうとしますが、いっこうに浮かびません。書を嗜《たしな》んでみようかと思いましてもつづきません。ならば日記をと思い筆を執っても、取り立てて代わり映えのない毎日ですから書くことがありません。いやいや要は怠け者なのでしょう」

桜木は自嘲して茶に口をつけた。

「貴公はよほど暇人のようだな」

「そういわれると身も蓋もありません」

「なに、わしも同じだ。家にいてもやることがなく、暇を潰すのに苦労する。家にこもっていれば退屈だ。なにか面白いものがないかと、散策に出てもさして気に留めるものもない。隠居は楽なようでつまらぬものだ」

「奥平様は、さぞやお忙しいお役目に就いていらっしゃったのでしょう」

「まあいろいろとあった」

儀右衛門は昔を懐かしむような目で、格子窓にのぞく小庭を眺めた。

「教えていただけませんか」

「わしの来し方であるか？」

「ご迷惑でなければ……」

儀右衛門は茶を喫し、

「よかろう」

と、返事をした。

八

「あら、めずらしくお早いこと」

日の暮れ前に帰った清兵衛に、安江が目をまるくした。

「いやいや、また出かけるのだ」

「は……」

「じつはある旗本の殿様と一献やることになったのだ」

清兵衛は濯ぎを使って座敷にあがった。

「殿様とおっしゃると……」

「お、そうだ、木挽町にいい店があってな。そなたの口に合えばよいと思い買ってきたのだ」

京菓子の箱をわたすと、安江は驚き、そして喜んだ。

「これは有名な『笹屋』ではございませんか」

「その殿様が教えてくださったのだ」

勝手についていて行っただけだが、そういっておいた。

「早速いただきますわ。でも、一人で食べるのはもったいのうございます」

「隣にわけてやったらどうだ」

「それももったいのうございます」

「何をケチくさいことを……」

「こういうお菓子にはケチなんです」

安江は娘のようにぺろっと舌を出し、首をすくめる。このところ無愛想だったが、機嫌は直ったようだ。菓子ですむなら安いものだと、清兵衛は胸を撫で下ろす。

「それで、その殿様とは……」

「うむ。元大御番組の組頭だった奥平様とおっしゃる方だ。年はわたしより五つばかり上だが、矍鑠としておられる。さすが大御番組にいらした方だと感心する」

「そんな偉いお殿様とお酒を……」

「同じ隠居のよしみで、どうしても一席設けるとおっしゃるのだ。断れないであろう」

「さようでしたか。では、行ってらっしゃいませ」

高級菓子をもらった安江は機嫌がよい。普段の小言は出ずじまいだ。

清兵衛は半刻ほど暇をつぶし、麻の着流しに絽羽織をつけて家を出た。行くのは木挽町四丁目、三原橋に近い「豊玉亭」という料理茶屋だった。

暮れかかった空に浮かぶ雲が茜色に染まり、雲の隙間から幾本もの光の束が地上に射していた。

奥平家の使用人、常松から聞いたとおり、儀右衛門は武張った年寄りで偏屈そうであったが、意外や話をすればするほど堅苦しさが取れ、かつての自分を誇るような話をするうちに肩から力が抜けていった。

もっとも儀右衛門は自慢話をしたのだが、清兵衛が真剣な顔でその話を飽きもせず聞き入り、ときどき感服したように相槌を打つと、

「そのほうは人心がよくわかる人物だ。気に入った。どうだ、せっかく知り合ったのだから一献傾けようではないか」

と、最後には満足げな顔で清兵衛を誘ったのだった。

それにしてもこのおれも物好きだと思わずにはいられない。常松の気苦労を憐れみどうにかしてやりたいと思い、儀右衛門に近づいたのだが、こうもすんなりいくとは思いもしなかった。しかし、儀右衛門のことが少しわかった。いや、よくわかった。

一言でいうならば、孤独なのだ。

それ故に自分の殻にこもり、無闇に他人を寄せつけない矜持があるのだと清兵衛は理解した。いらぬ矜持を取り払い、身近にいる者と心を通じ合わせるようにしてやりたい。仕える者と仕えさす者の隔たりを取っ払ってやりたい。

話せばわかるはずだ。いや、多くの家来を差配していた人だけに、それぐらいの器量は持ち合わせていらっしゃるはずだ。

（なんだ、このわしは……）

清兵衛は心中でつぶやく。儀右衛門に趣味はないかと聞き、自分には何もない、何をやってもつづかないと打ち明けたが、そのじつこういった人の面倒を見るのが、

（わしの趣味かもしれぬ）

と、苦笑した。

よくいえば世話好き、悪くいえばお節介だと思いもする。

木挽町に着いたときには、日が暮れ、薄靄の漂うなかに「豊玉亭」の掛行灯のあかりがぼんやりと浮かんでいた。竹垣をめぐらした趣のある店構えだった。木戸口に盛り塩がしてあり、戸口につづく飛び石には水が打たれていた。

店に入り、迎えてくれた番頭に、奥平儀右衛門の名前を口にすると、

「お見えになってお待ちでございます。ご案内いたします」

「なに、もう見えているのか」

清兵衛は待たせては悪いと思っていたのだが、先を越されたと軽く舌打ちをする思いで案内を受け、儀右衛門の待つ客座敷に入った。

「遅れまして申しわけございません」

手をついて謝り、顔をあげて驚いた。

九

高足膳の向こうで大の字になって寝転がり、あんぐりと口を開け、大鼾《おおいびき》をかいている大男がいる。

もちろん、それは奥平儀右衛門である。

「もう、よい」

清兵衛は案内をした番頭を追い払うように障子を閉めた。

「殿様、奥平様……」

声をかけても起きない。儀右衛門の鼻からこぼれる洟が、小さく膨らんで萎んだ。あ、また膨らんで萎んだ。

「奥平様」

もう一度声をかけると、「ううん」と、片目を開けた。その瞬間、膨らんだ鼻水がぱちんと爆ぜた。

「おお、おお、これは桜木殿。ささ、これへ」

半身を起こして座り直す儀右衛門だが、胸元も櫛目の通っていた髷も乱れている。おまけに鼻の下に洟の痕がある。

「屋敷に戻るのが億劫になってな。少し暇を潰し、早めに来て引っかけておったのだ。いい心持ちになってつい居眠りをしたようだ」

儀右衛門は自嘲の笑みを浮かべる。「笹屋」の菓子箱がそばに置かれている。着ているものも昼間と同じだった。

「ささ、やろう。おお、もう暗くなっているな」

儀右衛門は一度、表を見て清兵衛に酌をしたが、徳利は空だった。

「これはいかぬ。おーい」

儀右衛門は手をバチバチとたたいて店の者を呼び、酒と料理を運ぶようにいいつけた。

　儀右衛門の前にある高足膳には、二本の徳利が横に倒れており、肴が入っていたらしい小鉢が空になっていた。

「まあ、滅多にあることではないが、酒はよいな」

　儀右衛門は少し酔っているらしく、昼間あった威厳が半減していた。鋭い眼光も幾分やわらかだ。

「殿様、いい顔をなさっています」

　清兵衛が褒めると、儀右衛門は白眉をぐいと持ちあげた。

「失礼ながら、昼間は近寄りがたいものがありました。しかし、いまは柔和な顔をなさっています。それに肩の力も抜けたように思いまする」

「さようか。寝起きだからだろう」

　儀右衛門は背筋を伸ばすように、しゃんと胸を張ったが、襟が乱れているので何となくだらしない。

「殿様、わたしと二人だけなのです。楽にやりませぬか。その格式張ったようなことは忘れて、楽しくやりとうございまする」

「うむ、うむ、さようだな、そうだな」

儀右衛門が白眉を上下に動かしながらうなずいたとき、酒と料理が運ばれてきた。女中が揃えて下がると、清兵衛はさっと徳利を持って、

「では、ひとつ」

と、酌をしてやった。儀右衛門も酌を返してくれる。

互いに酒に口をつけると、「さあ、やってくれ」と儀右衛門が料理を勧める。

膳部には刺身や煮物、酢の物、そして焼き魚が載っていた。

「これはまた豪勢な」

「わしの奢りだ。遠慮はいらぬ。酒も満足いくまで飲んでくれ」

そういった儀右衛門は、一息で盃を干すと手酌をし、

「お互い隠居同士だ、気を遣うことはなかろう」

またもや一気に酒を干してつぎ足した。

「いける口なのですね」

「酒の一升や二升どうってことはない。若い頃は三升飲んでもけろっとしておった」

「さすが、武門の誉れ、大御番組の組頭様です」

「なになに、昔のことよ。いまは隠居爺だ。そうではないか」

ワハハと、儀右衛門は笑う。酒が気分をよくしているようだ。

「それにしても貴公は不思議な男よのう。こんなわしに話しかけてきて、茶に誘い、その日のうちにこうやって酒を酌み交わすようになった」

「まさか、お偉い殿様だとは思いもいたさぬことでしたので、失礼つかまつりました」

「では、わしのことをなんだと思ったのだ？」

　儀右衛門はぐいと身を乗り出してくる。偉丈夫だから気圧されそうになるが、清兵衛は落ち着いて応対する。

「品格のある方だと思いました」

「貴公はおだてるのがうまい」

　儀右衛門はまんざらでもなさそうな笑みを浮かべる。

「お世辞でもなんでもありませぬ。正直にそう思った次第です」

「さようか」

「しかし、殿様は大変なお役を務められ、大過なくまっとうされたのですね。なかなかできることではありませぬ。しかれど、大役をまっとうするにあたっては、さぞやご苦労があったのではございませんか」

清兵衛は嘗めるように酒を飲みながら、儀右衛門の胸襟を開かせようと考える。昼間はさんざん、儀右衛門の自慢話を聞かされたが、この席では本心をのぞかせてもらいたい。

「苦労はつきものだ。たしかに……そうである」

儀右衛門は短く間を置き、眉間に苦悩の色を浮かべた。

「悩んだり、気を揉んだりと、そんなこともあったのでしょうね。上に立つ人のことは、わたしごとき軽輩にはわかりませぬが、是非とも知りたいものです」

「そんなことは……」

また言葉を切った儀右衛門は、白眉を動かして遠くを見る目になった。

「貴公には悩みはないのか？」

「いろいろございますが、取るに足らぬことばかりです」

「そうか。悩みがないというのはいいことだ。この年になっても、悩みの種は尽きぬ」

はあと、儀右衛門は大きなため息を漏らす。

「どんなお悩みがあるのでしょう。……ここだけの話です。わたしは口外いたしませぬ。お話しになれば、少しは気が楽になるやもしれませぬ」

清兵衛はここぞとばかりに誘いかけた。

「かまえて他言ならぬぞ」

儀右衛門は目を光らせる。

「承知いたしましてございまする」

「ならば聞いてくれるか」

十

儀右衛門はまたも盃を干し、手酌をした。頬がほんのり赤くなっている。

「いろいろあるのじゃ。家督を譲った倅のこと、老いぼれた妻のこと、使用人たちのことも気にかかる」

「どんなことでしょう」

「倅はわしの跡を継いでくれた。それはよいが、父親であるわしを毛嫌うように避け、挙げ句に悪知恵をはたらかせて、わしを別居させた。顔にこそ出さなかったが、わしは情けなかった。手塩にかけて育てた倅だ。その倅がひどい仕打ちをするとは思いもしないことだった」

「つまり、殿様は番町のお屋敷で隠居されたかったのですね。お身内の目の届くところにいらっしゃりたかったのですね」

「まさにそのとおりじゃ。それが、築地の端っこに追い払われたのだ。悔しい悲しいということではない。情けないのじゃ」

かつて剛勇を気取ったであろうその顔が、気弱にゆがんだ。

「奥様のことでもお悩みなのですか？」

「ああ、できた妻だった。いや、いまでもできた妻だ。されど、わしと妻の間には溝がある。その溝を埋めたいのだが、できぬのだ。この身が立ち枯れるまで寄り添ってくれる伴侶であるのに……。しかし、あやつはわしを立てることは知っていても、いつも遠くにいる。よそよそしいのだ。自ら近づき、懐いてこぬ。ときどき、ふと思うのじゃ……」

「なんでございましょう」

「二人で孤独なら、いっそのこと一人がよいと。そのほうが楽だ。そうは思わぬか」

「何となくわかる気がいたします」

「そういってくれるのは貴公だけだ。いや、知り合えてよかった」

うんうんと、うなずいて儀右衛門は酒を飲む。たしかに酒豪のようだ。

「使用人のことでも頭を悩ませていらっしゃるのですね」

「そうなのだ」

カッと目をみはって、儀右衛門はつづける。

「細かいところによく気のつく者ばかりだ。わしがこうしたい、ああしたいと思えば、先に気を利かせてくれる。それはよいが、わしは噛みつきもしないのに、いつもビクビクおどおどしておる。そんな様子を見ると、わしはなおさらうるさくいいたくなる。いや、叱りつけるようにいってやるのだ。だからあやつらは卑小なのだ」

儀右衛門は南瓜の煮物を口に入れて咀嚼した。

「殿様」

清兵衛は儀右衛門をまっすぐ見た。

「殿様はそうおっしゃいますが、そのじつ、ご自分に腹を立てていらっしゃるのではありませぬか。ご自分のことをお悩みなのではありませぬか」

図星だったらしく、儀右衛門は南瓜の煮物を舌にのせたままぽかんと口を開けた。目もまるくした。

「殿様はご自分のことがよくわかっていらっしゃる。されど、ご自分の性分を直せない。それは無理からぬことです」

「……おっ、おっ、お……」

儀右衛門はゴクンと南瓜を呑み込んだ。

「そのとおり。まさにそのとおり。だがな、わしはおのれを変えることはできぬ」

「相手に変わってもらわなければ困る。つまり、自分に従うように変わってほしいと、さようにお考えなのでは……」

「ずっとそうであったからな。配下の者たちもそうであった」

清兵衛は酒を飲んだ。刺身に箸ものばす。

短い静寂があった――。表から虫の声が聞こえてきた。

「なんだ、なにを考えておる」

儀右衛門が沈黙を破った。

「殿様、変わりましょう。不躾《ぶしつけ》ながら殿様のお悩みは、殿様が変わることで片づきます」

「まさか、倅や妻どもらに合わせろというのではあるまいな」

「さようです」

「笑止！　わしを誰だと思っておる。わしは大御番組の……」

「お待ちください」

清兵衛は手をあげて制した。

「身の程わきまえず、腹をくくっていわせていただきます」

清兵衛は儀右衛門を正視してつづける。

「殿様は我が儘なのです。おのれの我を通し、何者をも跪かせ従わせたいというお気持ちが強いのです。士風を作興《さっこう》し、一軍を率いる武人でありたいというお気持ちはお汲みいたしますが、いまやお役目を退かれた身でございます。よくお考えくだされませ。人をよい気持ちにさせ喜ばせれば、その相手は自ずと近づいてきましょう。他人に期さぬこと、他人に望まぬことです」

「他人に期さず、他人に望まぬ……」

儀右衛門は無表情につぶやく。

「さようです。代わりに人が望むことをしてやり、喜ぶことをしてやる。つまり、相手の気持ちをわかろうと努めることです。さすれば、自ずと相手への接し方も変わるはずです。真の武人は潔いはずです。ならば、殿様も潔くおのれを変えようと努められてはいかがでしょうか。わたしはさように考えまする。言葉が過ぎたかもしれませぬが、こうやってせっかくお近づきになれた殿様との間柄、これで終わりにしたくないと思うが故に、遠慮なくいわせていただきました。どうか、ご寛恕《かんじょ》のほどを……」

清兵衛は一膝下がって頭を下げた。

短い沈黙。

それから、「うむ、うむ」と、儀右衛門のうめくような声。

「面を……面をあげよ……」

清兵衛はゆっくり顔をあげた。

「よくぞいうてくれた。正直に申すが、まさに貴公のいうとおりじゃ。これまでわしにさような口を利いた者は一人もおらぬ。されど、いわれて目が覚めた思いじゃ。わしにも薄々わかっていたのだが、そこまでいわれるなら、わしもおのれを変えるときが来たのだろう。いや、天晴れな仁《じん》じゃ。桜木殿、貴公のことます気に入った」

「ありがたき幸せ」

清兵衛はホッと胸を撫で下ろす心持ちになった。

「さあ、飲もう。わしは変わると決めたのだ」

儀右衛門は頰をゆるめ、清兵衛に酌をし、自分は手酌をして飲んだ。

「互いに隠居同士だ。昔のことは昔。桜木殿、もっと親しゅうなりたいのォ」

「嬉しゅうございます」

「されど、貴公はいまの暮らしに満足しておるのか？」

「安閑と生きる喜びを、日々味わっております」

「さようか、わしもそうしよう。是非ともそうなろう」

その夜、清兵衛と儀右衛門は痛飲した。

十一

「でも、もうお年ではありませんか。人の性格なんて、そうそう変わるものではありませんよ」

清兵衛から昨夜のことを聞いた安江は、そういって口に飯を運んだ。

朝餉の席であった。

清兵衛は味噌汁をすする。いささか飲み過ぎたので食は進まぬが、蜆《しじみ》の味噌汁は殊の外うまい。

「いや、あの殿様は変わる。武士に二言はない。そんな方なのだ」

「それにしてもお節介だったのではありませんか」

「承知のうえだ」

「でも、お話を伺えば、可哀想な人ですね。それに使用人も奥様も……」

「うむ。あの方は自分が疎まれていることをご存じだ。疎まれたくないがために、力で抑え込んでこられた。それがまたよくないことだったというのに、気づかれたはずだ」

「お変わりになればよろしいですわね」

安江は茶碗を置き、手を合わせて片づけにかかった。あまり関心がなさそうなので、清兵衛は話して損をした気分になった。

安江に儀右衛門のことを話した翌日の昼前だった。

「桜木殿のお宅はこちらでござろうか」

木戸門から大きな声が聞こえてきた。

書斎で、いつも未完に終わる句をひねっていた清兵衛は、ハッと目をみはった。儀右衛門の声だと気づいたからだ。

慌てて玄関に向かうと、裏庭から下駄音をさせて安江も出てきた。

「ああ、よい。わしが出る」

清兵衛は安江を制して木戸門に向かった。戸を開けると、やはり儀右衛門だった。いかめしい顔に笑みを浮かべていた。

「これは殿様、よくここがわかりましたね」

「何をいうか。教えてくれたではないか」

清兵衛はそうだったかなと小首をひねったが、おそらく酔いにまかせてしゃべったのだろうと思った。

「先だっては馳走になりました」

「いやいや気にすることはない。ちょいと歩かないか。それともお取り込み中かな」

「いえ、大丈夫です。よろしければ、茶など飲んで行かれませんか」

「表を歩きたいのだ。気持ちのいい天気ではないか」

儀右衛門は空をあおぎ見ていう。夏の暑さは日ごとに遠のいており、幾分風も涼しくなっていた。

「ならば少々お待ちくださいませ」

清兵衛は急いで引き返すと、外出用の楽な着流しに着替えて門外に出た。

「では、まいろう」

儀右衛門はそういって先に歩き出す。悠然とした歩き方だ。背筋がしゃんと伸びており、胸を張って歩く。鬢には櫛目が通っており、着物にはしわひとつない。

「何かございましたか？」

「うむ。そなたにいわれたことをよくよく考えて、おのれを変えようと努めておる」

「口幅ったいことを申しました」

「気にするでない。わしは嬉しかったのだ」

「はあ」

「まことだ。だが、すぐにおのれを変えることなどできぬ。ぼちぼちやろうと思う」

清兵衛はよい心がけだと思う。

「散策は日課だといっておったが、いつ頃家を出るのだ？」

「昼前、あるいは中食《ちゅうじき》のあとです」

「さようか。どこぞにいい茶屋はないか？」

「あります」

清兵衛が即座に答えると、儀右衛門は案内しろという。

そのまま町屋を抜け、稲荷橋そばの「やなぎ」に行った。表の床几に儀右衛門と並んで腰を下ろすなり、おいとが下駄音をさせてやってきた。

「あら桜木様、いらっしゃいませ」

と、いつもの愛嬌のある顔を向けてきて、

「お連れ様があるなんてめずらしいですね」

と、にっこり微笑む。

「こちらは奥平様だ」

「桜木殿と同じ隠居だ」

儀右衛門が横から口を挟んできた。

「では、お暇同士で仲良く散策かしら」

「そのようなものだ。茶をくれるか」

儀右衛門が応じて注文をした。

清兵衛はこの茶屋にはよく訪ねてくると話し、いま出てきたおいとの人柄のよさなどを話した。

「たしかに気持ちのよい小女だ。この店の娘かね」

「看板娘です」

そんな話をしていると、おいとが茶を運んできて、ゆっくりしていってくださいと、微笑みを残して奥に戻った。

儀右衛門は屋敷に芙蓉の花が咲いたとか、今朝は韮《にら》の花を見つけたなどと、他愛もないことを短く話した。

「それにしても貴公といると気が静まる。不思議なものよ」

儀右衛門は茶に口をつけて、

「長く組頭を務めていたが、わしに意見するのは番頭だけだったからな……」

と、しみじみとつぶやき足した。

「おこがましいことを申しました」

「桜木殿、わしと酒を酌み交わした仲だ。堅苦しいのはやめだ。貴公はそういったではないか」

清兵衛はハッとなって、そうでしたと、苦笑を浮かべた。

茶を飲むと、新川まで足を延ばし、小網町をぶらついて本湊町に戻ってきた。

「桜木殿、また付き合ってくれ」

別れ際に儀右衛門はそういって、自宅屋敷に帰っていった。何のことはない、ただ二人でそぞろ歩いただけだが、儀右衛門は満足そうだった。

その日を境に、儀右衛門は二日置き、あるいは三日置きに家を訪ねてくるようになった。家に入れようとしても固辞して、表を歩きたいという。清兵衛は付き合ってやった。

そのたびに、儀右衛門が持ち合わせていた窮屈そうな堅さが薄れていくのを、清兵衛は感じた。また、儀右衛門も妻や使用人がこのところ懐いてきているともいった。

しかし、儀右衛門との散策は、半月ほどで終わった。儀右衛門がぱたりと訪ねてこなくなったのだ。

そうなると清兵衛のほうが気になり、逆に訪ねて行き、散歩に誘おうかと思ったが、一日たち、また一日たち、グズグズしているうちに十日が過ぎた。

常松とばったり会ったのは、そんなある日の午後だった。

十二

たまたまその日、清兵衛は備前橋の屋敷を訪ねようと思ったのだった。備前橋の屋敷とは、儀右衛門の屋敷のことで、いつしかそう呼ぶようになっていた。明石町まで来たとき、茶屋から出てきたのが常松だった。

「お、常松ではないか」

清兵衛が声をかけるまでもなく、常松も気づいて挨拶をしてきた。

「その後いかがだ？」

「いえ、それがよくわからないのですが、殿様がお変わりになったのです」

常松はそんなことをいう。それに、以前あった卑小さがなくなっていた。

「ほう。どういうことであろうか」

「よくわかりませんが、やさしくなられたのです。あまり仲のよくなかった奥様ともよく話をされるようになりました。わたしら奉公人にも気を遣われるようになりまして、いったいどういう風の吹きまわしだろうかと、首をかしげているんですが、やはり年の功なのでしょうか」

「そうかもしれぬ。だが、よいことではないか」

「また元の殿様に戻られたら困りますからね」

常松は小さく笑んで、風呂敷包みを抱え直す。

「使いの途中か？」

「へえ、茶を買いに来たんです」

「それで、殿様はお元気なのだな」

「お変わりありません。このところこちらの屋敷と番町の屋敷を、行ったり来たりされていましたが、来月番町に戻ることになったんです」

なるほど、そうだったのかと、清兵衛は勝手に納得した。ぱったり自分を訪ねてこなくなったのは、常松が話した経緯があったからだろう。

「来月に……」

「奥様は若殿様のおそばにいらっしゃりたかったのです。なんだか、殿様はそのことにお気づきになったご様子で……」

「ほう、それはなによりではないか。おっと、危ない」

大八車が来たので、清兵衛は常松を道の端に避けさせた。

「すると、おまえも番町に移るのか?」

「へえ、他に仕事はありませんから。それにいまのままの殿様なら、わたしも仕えやすうございます」

「そうか、それはよかった。おぬしもいらぬ気を遣わずにすむようになったのだな」

「はい。あの、そろそろ戻らなければなりませんので……」

「これはすまなかった。だが、話を聞いて、わしも安心した。しっかりお仕えするのだぞ」

「はい、では」

常松はぺこりとお辞儀をすると、そのまま歩き去った。

清兵衛はそうであったかと、安堵の吐息をつきながら、江戸湾の沖合に浮かぶ舟を眺めて、よかった、よかったと、内心でつぶやいた。

偶然は重なるもので、清兵衛が儀右衛門のことを考えていると、その日の夕刻に、久しぶりにとうの儀右衛門が訪ねてきた。

門口に顔を出した清兵衛に、儀右衛門は今日は折り入って話があるので、付き合ってくれという。

「お久しぶりですが、お達者そうでなによりです」

「うむ、いろいろと忙しくしていたのでな。まあ話はあとでゆるりとしよう」

おそらく番町の屋敷に戻るという話だろうが、清兵衛は余計なことはいわず黙っていっしょに歩いた。

行ったのは、南八丁堀一丁目の鰻屋「前川」だった。以前、儀右衛門が食い逃げと間違われた店だ。

儀右衛門と清兵衛がいっしょに店に入ると、迎え入れたおかみが、「いらっしゃ」と、途中で声を呑んで板場にいる主と顔を見合わせた。

「わしを覚えておるようだな。あの節は面倒をかけてすまなんだ」

儀右衛門がそういうと、主が板場から飛ぶように出てきて、

「いいえ、こちらこそご無礼いたしました」

と、ぺこぺこと頭を下げた。おかみも倣って頭を下げる。

「いいのだ。あれはわしの粗相だ。それより酒をつけてくれ。そのあとで鰻を二つもらおうか」

主はへえへえと腰を折って下がり、焼き場に立った。おかみは板場に入ってせっせと酒の支度をする。

「何かあったので……」

清兵衛はとぼけて聞く。

「うむ、財布を忘れてこの店で鰻を三杯食ったのだ。酒も飲んだ。しかしうっかりだった。ま、さようなことだ。それより、わしは鰻に目がないのだ。この店の鰻はうまい。知っておったか？」

「評判は聞いていましたが、来たのは初めてです」

「それはよかった。おお、酒だ」

おかみが酒を運んでくると、酌をしあって盃に口をつけた。

「桜木殿、いろいろと世話になった。じつは番町の屋敷に戻ることになったのだ」

「また急なお話ですね」

知っているがまたとぼける。

「わしは貴公の進言どおりにおのれを変えた。まだ足りぬところは多々あろうが、努めておる。貴公のいったとおりであった。わしが変われば、他の者も変わった。妻も下男も、そして倅もだ。あらためて礼を申す」

儀右衛門が頭を下げたので、清兵衛は慌てた。

「殿様、おやめください。わたしは思ったことをいったまでです」

「いや、それがよかったのだ。妻は胸の内を明かしてくれた。番町に戻りたいとな。その他にもいろいろあるが、わしはそのために倅と話をしたのだ。やはり子は母親を慕うということが、それでわかった。倅はわしがあまりにもうるさいので疎ましかったのだ。そんなわしを、母親に押しつけたままでよいだろうかと悩んでいたらしい」

「すると若殿様は、意を汲んでくださったのですね」

「さようだ。それにこんなこともいった。父上はお変わりになりましたとな。なに変わってなどおらぬといったが、倅はその夜、わしに酒を勧めた。そのとき、わしは長年苦労をかけてすまなかったと謝った。倅は涙を流して、そんなことはない、父上は当世にめずらしい武人ですから、それはそれで尊敬をしておったというのだ。わしも嬉しゅうなって、つい……」

儀右衛門は言葉を詰まらせ、目の縁を赤くした。

それまでわだかまりを持っていた親子が和解をしたのだ。言葉少なではあるが、清兵衛にはよくわかった。

「よい倅を持ってよかったと思った」

「何よりでございました」

「まことに何よりであった。それより鰻は嫌いではなかろうな」

「とんでもない。わたしの好物です」

「それはよかった」

そういって微笑む儀右衛門の顔には、最初に会った日の剛直さがなかった。人を寄せつけぬという高圧的な態度も感じられなかった。

こうも早く変われるものかと、清兵衛は舌を巻く。

「さて、鰻をもらうか」

しばらく取り留めのない話をし、酒を二合飲んだところで、儀右衛門が注文をつけた。芳ばしい匂いが鼻をくすぐっているうちに、蒲焼きののった丼飯が届けられた。

「番町に越したら、滅多に会えなくなる。貴公と別れるのはちと淋しいが、鰻を召しあがられよ。わしのささやかな礼である」

「かたじけのうございます」

「桜木清兵衛」

改まったように儀右衛門が名を呼んでまっすぐ見てきた。清兵衛はその顔を見た。

「世話になった。おぬしに助けられた」

いった矢先に、何ということか、儀右衛門は涙を浮かべた。

「ほんとうだ。おぬしに会えてよかった。もっと早う会いたかった」

「わたしももう少し早く会いとうございました」

「嬉しいことをいってくれる。さ、食おう」

「はい」

清兵衛は箸を手にした。タレのかかった焼きたての鰻と、温かい飯から湯気が立っていた。その湯気の向こうに見える儀右衛門の老顔が、ぼやけて見えた。清兵衛はいいようのない感情にとらわれ胸を熱くし、目頭を熱くしているのだった。

「うまいな。うまい」

そういう儀右衛門も、涙しながら鰻を頬張っていた。

第三章　八百屋の倅

一

秋の日射しに大川端に勢いよく伸びているススキが、夕風に揺れながら傾いた日の光を受けていた。大川には黄金色の帯が走り、猪牙舟や屋根舟が川面に影を作っている。

清兵衛はいつものように散歩の途中であった。昼過ぎに本湊町の家を出て、その日は少し遠出をしたのだった。

遠出といっても歩いたのは二里ほどだろうか。北町奉行所の風烈廻り与力として辣腕をふるっていた頃は、日に四里、五里歩くのは常のことで疲れもしなかった。

（こりゃあ衰えてきたか……）

清兵衛は苦笑を浮かべた。隠居生活に入ってから怠惰な日がつづいている。体の鍛練も怠っている。それに五十を超えてもいる。

「年には勝てぬのか」

独り言をつぶやきながら新大橋に近い大川端を離れると、箱崎川沿いの河岸道を辿り、霊岸島に入ったときは日の暮れ前だった。数羽の鴉が鳴きながら明度を落とした空を東から北へ飛んでいった。

川口町の外れに差しかかったときに、どこからともなくチリーンと風鈴の音が聞こえてきたかと思うと、チリンチリンと忙しく鳴った。仕舞い忘れられた風鈴が、商家の二階の庇《ひさし》にあった。それを眺めたとき、一方で怒鳴り声がした。

「馬鹿野郎！」

清兵衛がそっちを見ると、町外れにある八百屋の前で、主が若い男の袖をつかんでいる。

「何もわかっていないじゃないか！」

若い男は振り払って主から離れると、短く主とにらみ合った。

「おまえの思いどおりにはいかねえんだ。どうしてわからねえんだ」

「わからないもんはわからないんだよ！」

若い男が言葉を返すと、店のなかからおかみが飛び出してきて、

「三郎《サブ》、いい加減におし。黙って親のいうことを聞くんだよ」

と、三郎《さぶろう》という若い男を諭そうとしたが、

「親のいうことばかり聞いてたら、おれがだめになる。もうほっといてくれ！」

三郎はそのまま駆けだし、立っていた清兵衛の脇を素通りし、日本橋川のほうへ走り去った。

八百屋の夫婦は倅を見送るように立っていたが、首を振りながら店の片づけにかかった。

八百屋には看板はない。野菜は店のなかはいうに及ばず、戸口横に設《しつら》えられた台や筵《むしろ》に並べてあるが、もうほとんどなかった。

「いったいどうしたんだい？」

清兵衛は片付けをしている夫婦に近づいて声をかけた。

ひょいと腰をあげて顔を振り向けた主が、

「ご覧になってらっしゃいましたか。お見苦しいところを……」

と、首にかけている手拭いで頰を拭った。

「さっきのはお倅であろう」

「どうにもしようのない野郎です」

「親に逆らいたくなる年頃なんだろう。それをもらおうか」

清兵衛は他人の家のことにあまり立ち入ってはいかぬと思い、目についた大きめの南瓜を指さした。

「もう終わりですから安くしておきます」

主はそういって五文でいいという。

「すまぬな。入れ物はないから、そのままでよい」

清兵衛は金を払って、南瓜を小脇に抱えて家路についた。途中で贔屓にしている甘味処「やなぎ」の前を通ったが、もう店仕舞いをしていた。娘のおいとがいれば、南瓜をやろうと思ったが、姿がないのでそのまま家に帰った。

「あら、どうなさったの？」

玄関に入るなり、妻の安江が南瓜を見て目をしばたたいた。

「川口町の八百屋で買ってきたのだ。店仕舞いの途中だったので安くしてもらった」

「それなら明日にでも煮物にしましょう」

清兵衛は楽な浴衣に着替えて居間に腰を下ろした。

「この頃、真之介は顔を見せないな。何か知らせはないか？」

「お役目が忙しいのでしょう」

台所仕事をしている安江は、手許を見たまま答える。

一人息子の真之介は、清兵衛の跡を継いで北町奉行所に勤仕している。当番方の与力ではあるが、まだ助役（本勤並）の身だ。顔を見せないのは宿直番《とのいばん》が多いので暇がないのだろうと、清兵衛は勝手に解釈する。

八百屋の親子喧嘩を見たから気になったのだ。

「今日は何か面白いものがありましたか？」

安江が漬物を切りながら聞いてきた。

「これといって面白いものはない。ただ、今年は大川端のススキが多かった。まだ茎も穂も青いが、秋の名物になりそうだ」

「その時季になりましたら、またお出かけになるといいですわ」

安江が燗酒を運んできた。

「うむ、そうだな」

何気ない夫婦の会話だが、これが日常だ。そして、清兵衛は波風のない穏やかなこの暮らしは悪くないと思いながら、酒を口に運んだ。

二

ぐい呑みをどんと膝許に置いて、竹吉《たけきち》は店の戸口に目をやった。店は閉めたが、戸は開け放してある。秋口なので風には、まだ夏の名残があった。それでも虫たちの声が日増しに多くなっている。

「どこをほっつき歩いてるんだ」

竹吉は毒づいてまた酒をあおった。

「いつものようにへそを曲げているだけですよ。放っておけば、明日の朝には帰ってくるでしょう」

女房のおすずは気楽なことをいう。だが、竹吉は気になっていた。今日の三郎の目つきがいつもとちがったからだ。

(あれは本気の目だった)

利かん気の強い目は自分に似たのかもしれないが、剣術を習いはじめてから家業の八百屋を嫌うようになった。侍になりたいといいはじめた。

「おすず、三郎は本気かもしれねえぜ」

台所で洗い物をしていたおすずが振り返った。

「本気になったところで、いまさら侍にはなれはしないではありませんか」

「そうだが、三郎にはなにか考えがあるのかもしれん」

竹吉はぐい呑みに酒をつぎ足しながら考える。じつは竹吉は、元侍だった。三十俵二人扶持の御先手組同心だったのだ。

しかし、内証はいつも火の車。内職をしなければとても暮らしは立たなかった。さらに役目にもやり甲斐を感じていなかった。

こんなことならいっそのこと町人になって楽な暮らしをしたいと考えた。その思いは日増しに強くなり、ついに御家人株を売ることにした。内職を手伝っていたおすずも反対はしなかった。

そして、竹吉は運良く長女の節《せつ》を浅草の下り蠟燭《ろうそく》問屋・長島屋《ながしまや》徳右衛門《とくえもん》方に嫁入りさせた。代わりに二百両を手にし、隠居の形を取った。そのことで長島屋は名字帯刀を許される士分となったのだ。

二百両は御家人株の値で、竹吉はそれを元に八百屋商売をはじめたのだった。それが五年前のことである。

いまやすっかり身なりも言葉つきも町人になっているが、じつは名前も変えていた。本名は竹四郎《たけしろう》という。女房のおすずも、鈴江《すずえ》だったし、倅の三郎も伊三郎《いさぶろう》だった。

だが、以前の名前ではまだ侍の名残があるし、商売がやりづらい。変名したり言葉つきを変えたりしたのにはそんな経緯があった。

「そろそろ休んだほうがいいんじゃありません。明日も早いんですよ」

三合の酒を飲みほした頃に、おすずにいわれた竹吉は、

(まだあれは子供だ。明日にでも帰ってくるだろう)

と、思うことで気を鎮め、その夜は休むことにした。

しかし、翌日も、またその翌日も三郎は帰ってこなかった。

三郎は腹を空かしていた。

親に反抗して家を飛び出して二日たったが、腹に入れたのは百姓の畑に忍び込んで胡瓜をかじったり、寺の境内にある無花果《いちじく》をもいで食べたりで、あとはほとんど水だった。

こんなひもじい思いをするのなら、親に逆らうんじゃなかったと思いもするが、

自分のことをわかってくれるまでは帰らないと、意地を張っていた。

寺の縁の下や、空き家になっている百姓家で夜露をしのいだ三郎は、いつしか亀戸村に来ていた。竪川沿いに歩いていると、父親と何度か仕入れに来た五ツ目の渡し場があった。近郊の百姓たちが野菜を持ってきて市を立てるのだ。

仕入れの場所は本所花町にも八ツ小路にもあったが、

「五ツ目が一番だ。品もいいし、値も安いからな」

と、竹吉は教えてくれた。

三郎はもしや、今朝もその市に父親が来ているのではないかと、用心しながら眺めた。百姓たちの姿に交じり、近所の男や女の姿が見えたが、そのなかに竹吉はいなかった。

三郎はホッと胸を撫で下ろす思いだったが、少しがっかりもした。もしここで父親を見つけたなら、ひもじさに負けて声をかけて謝り、なにか食べさせてもらおうという気持ちがあったからだ。

そのまま竪川沿いの河岸道をぶらぶら歩いた。町屋にある一膳飯屋や蕎麦屋などが目につき、腹の虫がグウと何度も鳴った。煎餅屋もあれば饅頭屋もある。匂いを嗅ぐだけで腹の虫が鳴ってたまらない。

二ツ目之橋のそばまで来たとき、姉・節のことを思い出した。長島屋という浅草にある下り蠟燭問屋の嫁になっている。もう何年も会っていないし、会ってはならなかった。それが三郎の家と長島屋の暗黙の了解だった。

御家人株を売った家と買った家は疎遠になる。それが一種の掟なのだ。母親からそれとなく教えられていたが、ひもじさのあまり姉を訪ねてみようかという気になった。

それにどんな暮らしをしているのか、嫁ぎ先がどんな商家なのかというのもずっと気になっていたことだ。

(よし、行ってみよ)

三郎は二ツ目之橋をわたって浅草を目ざした。

会えば、節も喜んでくれるはずだ。腹が減っているといえば、なにか食べさせてくれるだろう、ひょっとすると小遣いもくれるかもしれないと、卑しい期待もした。

吾妻橋をわたり浅草に入ったが、果たして長島屋がどこにあるかわからない。通り沿いの商家を見てゆくが、長島屋の看板に出会わない。

(どこなんだ)

着の身着のままで、擦り切れた草履を履いているし、髷も汚れて乱れ、粗末な着物はさらに貧乏くさくなっていた。

それは、ある寺の門前だった。三人の子供がそこにたむろしていたのだが、三郎を見て声をかけてきたのだ。見れば三人とも三郎と同じぐらいの年頃だった。

「おい、見かけぬ顔だな」

背の高い子が近寄ってきた。腰に脇差を差していた。他の二人も同じだった。

「どこから来た？」

竹吉と背の変わらないにきび面だった。

「霊岸島だ」

答えると、三人が驚いたように顔を見合わせた。

「町人のくせに生意気なことを……」

背の高い子が、どんと肩を押したので、三郎は思わず尻餅をついた。だが、悔しいのでにらみ返す。

「なんだその目は？」

もう一人の団栗眼が、しゃがんで三郎の頬をピタピタとたたいたので、

「触るな！」

といって立ちあがった。

「おう、なんだ。やる気か」

背の高い子がいって、いきなり肩のあたりをつかみ、

「こっちへ来い、話をしてやる」

と、境内のなかに強引に連れ込んだ。

三

「あんた、三郎は帰ってこないじゃない。捜しに行こうかしら……」

昼を過ぎた頃、おすずがさも不安そうな顔を向けてくる。

竹吉も三郎のことはずっと気になっている。昨日は帰ってくるだろうと思ったが、朝になってもその様子はなかった。

「そうだな」

湯呑みを持ったままおすずに答える。

「店は暇そうだから、わたしが行ってこようかしら」

「行くってどこへ行く気だ？　やつの居所はわからないんだ。あてもなく捜して

もしょうがあんめえ」

竹吉はすっかり馴染んだ町人言葉で応じ、湯呑みを置いて土間に下りた。そのまま店先に向かうが、

「浅草じゃないかしら」

というおすずの声で立ち止まった。

竹吉もひょっとすると、娘が嫁入りした長島屋に行っているのではないかと考えていた。

「店がどこにあるか、三郎は知らねえんだ」

「店の名前を知ってるんだから、捜すのは造作ないでしょう。三郎はもう十六なんですよ」

竹吉は少し考えてから、

「今日一日待つ。まちがっても節の家に行っちゃならねえと教えてるんだ」

そのまま店の表に出て、庇の下に置いている腰掛けに座った。

目の前には野菜が置かれている。それらの野菜は、その朝、本所花町から仕入れてきたのだった。三日に一度は贔屓にしている百姓が、大島村から舟でやってくるが、他の日は自分で仕入れに行っている。

（あいつには行くとこはねえ）

竹吉は胸の内でつぶやいて、煙草を喫んだ。煙管を吸いつけたとき、おすずがそばにやってきて、地面にしゃがんだ。

「あの子はあんたの血を引いているのよ。だから侍になりたいんだよ。あんただって読み書きを教えて、剣術まで教え、それに道場通いもさせたんだから」

竹吉は黙ったままおすずを見て、座っている腰掛けの縁に煙管を打ちつけた。落ちた火の玉を草履で踏みつぶす。そのまま目の前を行き交う人を眺める。

「いまさら仕官などできねえんだ」

「あの子はそう思っちゃいないのよ。仕官できると思い込んでいる」

竹吉はおすずを見た。日に焼け色が黒くなっているし、しみが増えていた。町人になる前はそうではなかったが、いまやすっかり町屋の女だ。しゃべり方も所作も。

「帰ってきたら、とくといい聞かせてやる」

「……帰ってこなかったらどうするのさ」

竹吉は不安になった。ほんとうに家出をしたのかもしれないと、その朝から考えるようになっていた。しかし、行き先はないのだ。親類の家はあるが、すっかり疎遠になっているので三郎も知らない。

「行き倒れちゃいないだろうね」

おすずがか細い声でつぶやく。

竹吉は不安をかき消すために、日のあたりはじめた野菜の位置を変えた。茄子に胡瓜、青唐辛子・いんげん・南瓜等々。店のなかの土間にも同じような野菜を置いていた。

昼前に買い物客は来たが、いまは暇だった。だが、焦りはしない。日の暮れ前にまた忙しくなるのはわかっている。いつもそうなのだ。

竹吉は野菜の置き場所を変えながらも、やはり三郎のことを頭の隅で考えていた。手跡指南所と剣術道場に通わせたのは、三郎の将来のことを思ってのことだった。出来がよくなくても、人並みに育ってくれればよいという考えだった。

ところが三郎は出来がよかった。読み書きはあっという間にできるようになったし、剣術の上達も早く、道場の師範に鍛え方次第で、腕はどんどん上がるというお墨付きをもらった。

それを知った三郎はいい気になり、家業の手伝いそっちのけで剣術にのめり込んでしまった。しばらく黙って様子を見ていたが、そのうち侍になりたいといい出した。

「おとっつぁん、おいらは侍になりたい。おとっつぁんだって侍に戻りたいんだろう」

「なぜ、おれが侍をやめたか、そのことを考えたことはあるか？」

「食えなくなったから、出世できないから……そうだよな」

「そうだ。わかっているなら余計なこといわねえで、家の手伝いをしろ」

しかし、三郎は前にも増して熱心に道場通いをするようになった。

このままではよくないと考えた竹吉は、道場主に事情を話して、三郎を破門にさせた。

三郎がおかしくなったのは、その頃からだった。

「いらっしゃいませ。何にいたしましょう。いいのが入っていますよ」

おすずの声で竹吉は我に返り、買い物客を見て愛想笑いを向けた。客は茄子と胡瓜を買っていった。

それがきっかけだったのか、つぎつぎと客が来て、日の暮れ前にはほとんどの商品がさばけた。

「あとは投げ売りして、今日は終わるか」

竹吉は腰をたたいて、頭に巻いている手拭いを締め直すと、片づけにかかった。

「今日も帰ってこなかったね」

おすずが不安そうな顔を向け、ぽつりとつぶやき、八丁堀のほうを見やった。もう日が暮れようとしている。すぐ先の亀島川は暗く翳った色をしていた。

「……日が暮れてから戻ってくるかもしれねえ。片づけるぜ」

竹吉は軒先に広げていた筵を巻き、売れ残りの野菜を戸口のそばに移す。土間にも売れ残りはあるが、それもほんの少しだ。茄子や胡瓜は漬物にするので、土間の隅には漬物樽や甕《かめ》が置かれている。野菜を漬けるのはおすずの仕事だった。

「もう仕舞いか？」

声をかけてきたのは侍だった。

「あ、先日の方……」

南瓜を買ってくれた侍だった。年は五十ぐらいだろうが、品のある感じのいい人なので覚えていた。

「あの南瓜、おいしくいただいたよ」

「そりゃあ何よりです」

竹吉は頭に巻いていた手拭いを外して頭を下げた。

「倅は帰ってきたか？」

「は、それが……」

竹吉は決まり悪そうに首の後ろをかいて、帰ってこないんですと付け足した。

「まる二日たつのではないか」

「さようで。今夜あたり帰ってくると思うのですが……」

「倅はいくつだ？」

「十六です」

「大人になりかけの年頃だな。それで行き先はわかっておるのか？」

「とんとわからないんです。あの子があてにするところもないと思うんです」

おすずがそばに来ていった。竹吉は余計なことはいわなくていいという顔で、おすずを見たが、

「この人にも捜しに行こうというんですけど、その気になってくれないんです」

と、口が軽い。

「ふむ、だが気になるな。十六なら分別はわかっておろうが、良きにつけ悪しき

につけ人に染まりやすい年頃だ」

「ほらあんた、わたしもそれが心配なんですよ」

おすずが肘をつついていう。

「今夜戻ってこなかったら考える。すいません、いらぬご心配をしていただきまして。それで、なにか……」

「あ、いや、通りがかったので、気になったまでのことだ。また買いに来よう」

侍はそのまま亀島橋のほうに去った。

おすずが悲鳴のような声を発したのはそのときだった。

四

「三郎！」

悲鳴じみた声を聞いた清兵衛は立ち止まって振り返った。さっきの八百屋の女房が、「さぶ、さぶ」といって一方に駆けていた。

新川に架かる一ノ橋のほうから一人の若い男が、ふらふらした足取りでやってくる。ときどきよろけて転げそうになる。遠目にも着物が破れ、髪が乱れているのがわかった。

夕暮れ時分なので、仕事帰りの職人や、買い物に出てきた町屋のおかみ連中が、立ち止まってその男を眺めていた。

八百屋の主も女房のあとを追い、いまにも倒れそうな三郎という若い男を抱き留めた。短いやり取りをしたあとで、八百屋夫婦は三郎を連れて戻ってきた。倅のようだ。

帰りかけていた清兵衛だが、倅の様子が普通ではないので後戻りした。

「尋常ではなさそうだな」

「何があったのかわかりませんが、この有様です。まったくどこをほっつき歩いてやがったんだ」

主は清兵衛に応じてから三郎を叱った。

「なんだい怪我をしているじゃないか」

女房は三郎の腕を見て心配する。

三郎は、息も絶え絶えで居間の上がり口に手をつくと、そのまま仰向けになって辛そうに息をした。

「邪魔をする。ちょっと見せろ」

清兵衛が割って入ると、主がにらむように見てきた。

「心配いらぬ。わたしには心得がある」

そういって清兵衛は、三郎の怪我を診た。命に関わるような傷はなかったが、汚れているので、女房に水と手拭いを運ばせて、傷口の汚れを拭き取った。

「たたかれたのだな。喧嘩でもしたか」

清兵衛はひととおり見てからいった。怪我をしているのは主に腕だったが、肩や腰、太股のあたりが青黒く腫れていた。

「ちくしょう、あいつら」

呼吸が整ったところで、三郎は悔しそうに顔をしかめて吐き捨てた。

「何があったんだ？　喧嘩をしたのか？」

主が問うが、三郎は悔しそうに唇を引き結んだまま半身を起こした。袖が破れ、片目は潰れたように腫れていた。唇も腫れていて、口の端に血がこびりついていた。

女房が口についている血をやさしく拭ってやるが、三郎は泣きそうな顔になっていた。

「いったい何があったんだ。あいつらとは誰だ？」

主が聞く。

「おれはやっぱり侍になる」

三郎はキッとした目を主に向けた。

そばにいる清兵衛は片眉をピクッと動かしてから、

「話はあとだ。おかみ、なにか薬はないか。さほどの傷ではないが、手当てをしておいたほうがよいだろう」

と、女房にいいつけた。

女房が奥の部屋に行くと、また三郎が口を開いた。

「町人のままだと馬鹿にされるばかりだ。おれはそんなのいやだ」

「まだ、そんなことをぬかすか。おまえは侍になどなれはしねえんだ」

「強くなればなれる。おれは聞いたんだ!」

三郎は意志の固そうな目をしていい返した。

「ちょっと待て。いったいどういうことだ。あ、わたしは桜木清兵衛と申す。飛び入りで悪いが、話を聞いてる手前黙ってはおれぬ。三郎、侍になるならぬはひとまず置いて、何故こんなことになった?」

「それは……」

三郎はうなだれる。

「喧嘩をしたのか？」

「売られたから買ったんです。おれと同じぐらいの年の、侍の子でした。でも、三人いて……」

三郎は言葉を切って悔しそうに唇を嚙む。おそらく袋だたきにされたのだろう。

「相手が悪かったのかもしれぬが、無用な喧嘩はいただけぬな。それに相手は刀を差していたのではないか。斬られてはおらぬが、つまらぬ喧嘩で命を落としたらどうする。それこそ親不孝というものだ」

「刀を持っていたなら、負けなかった」

「何をいいやがる。桜木さんのおっしゃるように、命あってのものだねだ。今日のことは忘れて、明日から店の手伝いをするんだ」

主は腕を組んで、三郎をにらむ。

「いやだ。おれは侍になると決めたんだ。だから道場に通う。なぜ暇を出されたか、おれは知ってるんだ。おとっつぁんが、破門にするように口を利いたんだろう。だからおれは道場に行けなくなった」

「道場に行くというけど、剣術はただじゃ習えないんだよ。そのことはわかっているのかい」

女房が膏薬を持ってきて、三郎の傷口に塗った。三郎は黙り込んでじっとしていた。

「なぜ、侍になりたいのだ？　おまえはこの店の跡取りではないか。親のいいつけを守るのが筋というものだ」

清兵衛のいうことに、主と女房は、そのとおりだといわんばかりにうなずく。

「おとっつぁんは元は侍だったんです。だから、おれは侍の子なんです」

清兵衛は眉宇をひそめて主を見た。決まり悪そうな顔で、主はうなずいた。

「差し出がましいかもしれぬが、仔細を教えてくれぬか。邪魔だというなら、このまま帰るまでだが」

「いえ、茶も出さずに失礼いたしました。それに倅の介抱をしていただきまして。おい、茶を……」

主にいいつけられた女房は、すぐ台所へ向かった。

「せっかくです。汚いところですが、おあがりください」

清兵衛はここでいいと断ったが、主がどうしてもと勧めるので、厚かましくも座敷にあげてもらった。

五

「なるほど、さようなことであったか」

話を聞いた清兵衛は、やっと事情が呑み込めた。

「ここだけの話ですが……」

言葉を切って竹吉は居間のほうを見た。居間と座敷は襖で仕切られていて閉めてある。女房のおすずが、ろくなものは食っていないという三郎の訴えを聞いて、居間で食事を取らせているのだった。

「正直なところ、三郎は商売人より侍のほうが似合っていると思っておるのです。読み書きや算用を習わせれば、あっという間に覚え込みましたし、剣術を習わせたのも人としての嗜みを教えたいという思いでした。ところが剣術の上達が早いのです。そのことを知ったわたしは、株を売っていなければ、跡を継がせることができたと思いもいたしました。しかし、継がせたところで先は見えています」

身の上を打ち明けた竹吉は町人言葉でなく、侍言葉で話をしていた。

「いわんとすることはわかる」

「侍になりたいというのも、わたしがそういう躾をしたせいかもしれませぬ」

「いや、それはそれでよい心がけだと思う。問題は三郎であるな」

清兵衛は居間のほうを見た。襖が閉《た》ててあるので見えないが、三郎の気持ちはわかる気がした。

「桜木様は、お勤めでございまするか？」

「いや、隠居の身だ」

清兵衛は残りの茶を飲みほした。

「では、隠居される前は……」

竹吉は興味ありげに見てくる。清兵衛は少し考えてから答えた。

「御番所に勤めておった。わけあって早隠居をしたのだ」

「さようでございましたか。それはお見それいたしました」

「いやいや、もう昔の話だ。いまは役立たずの隠居に過ぎぬ」

「そうはおっしゃっても、立派なお武家様にちがいはありません」

「それにしても三郎のことだが、あの様子だと素直に親の話を聞きそうにないな」

「因《もと》はそれがしにあるのかもしれませんが……困ったものです」

「竹吉、こうやって知り合ったのも何かの縁であろう。三郎のこと、ひとつわたしにまかせてくれぬか」

「は……」

竹吉は目をまるくした。

「ちょいと考えがある。まかせてくれぬか。悪いようにはならぬはずだ」

「はあ、お力添えいただくのはありがたいのですが、ご迷惑ではありませんか？」

「わしは暇な身だ。遠慮はいらぬ。どうだ……」

「はは、ならばお願いいたします」

竹吉は元武士らしく、威儀を正し両手をついて頭を下げた。

「遅いと思えばさような面倒事を……」

安江はひとくさり小言をいったあとで、清兵衛の話を聞いてあきれ顔をした。

「どうにも放っておけないではないか」

「わたしが嘴《くちばし》を容れても、どうせお聞きにならないのでしょう。もう片づけてよいのですか？」

安江は清兵衛の食べ終えた器を見てから、何やら思い出した顔になった。

「あなた様が留守をされているときに真之介が来ましたわ」

「ほう、久しぶりではないか。それで何かいっておったか?」

「いいえ、明日は休みなので、たまにはあなた様とご酒など飲みたいといっておりました。あの子もいつの間にか大人になりました」

安江はそういって片づけにかかった。

その夜、床についた清兵衛は表で鳴く虫の声を聞きながら、三郎のことを思い浮かべ、真之介に助をしてもらおうかと考えた。

六

「これは父上」

翌朝、清兵衛が真之介の屋敷を訪ねると、寝間着のまま出てきた。

「何だまだ寝ていたのか」

「いいえ、とうに起きていましたが、今日は非番ですからゆっくりしているのです」

「昨日うちへ来たそうだな」

「はい、残念ながらお留守でした。で、どうされたのです？」

「ちょいと相談があるのだ」

「相談でございますか。では、おあがりください」

勧められるが、元は自分が住んでいた拝領屋敷だ。

「いや、縁側でよい。茶はいらぬぞ」

清兵衛はそういうと、玄関から庭に出て縁側へ行って腰を下ろした。目の前の庭では、よく真之介に剣術の稽古をつけてやったが、もうそれも遠い昔のように思える。

芙蓉の花が咲きほころんでいる。その根元には水引が茂っていた。チリンと近くで風鈴の音がしたので見ると、縁側の軒に吊してある。

茶はいらぬといったが、飯炊きの女中が気を利かせて運んできた。

「これはすまぬ。もう慣れたか？」

「はい、旦那様はお忙しいのであまりお世話できませんが、慣れました。大旦那様、どうぞゆっくりしていってくださいませ」

「うむ、世話をかけるな」

飯炊きの女中は深く腰を折って下がった。入れ替わりに、楽な着流しに着替えた真之介がやってきた。

「庭の手入れはしておらぬのか？」

苦言を呈しながら、またおれもいらぬことをと、自戒する。

「気になりますか？」

「水引が多すぎるだろう。それに風鈴を仕舞い忘れている」

「水引はあれでいいと思うのですが、では間引きさせましょう。風鈴はわざと出したままにしているのです。この時季、夜になると虫の声と風鈴の音が合わさって、床につくと耳に心地よいのです」

「ふむ。風流な。使っている女中、なかなか行き届いているではないか。名は何といったか？」

「およねです。それで、相談とおっしゃいましたが……」

問われた清兵衛は、昨日竹吉の家で見聞きした小さな問題を口にし、竹吉が元は先手組の同心だったこと、御家人株を売って八百屋商売をやっていること、倅の三郎のことなどをかいつまんで話した。

「その三郎が侍になりたいといっても、仕官などできはしないでしょうに……」

話を聞き終えた真之介の第一声だった。

「それはそうなのだが、三郎にはよくわからぬのだ。だからといって直截にいっても酷だ。ここはやんわり教え諭したい」

「いかように」

真之介は目をしばたたく。日の光がその顔にあたっているが、目鼻立ちが整っている。よく自分似だといわれるが、清兵衛は安江に似ていると思っている。

「あれは剣術に凝っておる。通っていた道場でかなり腕をあげたようだ。だが、もうその道場には通えぬ。そこで、おまえが休みの日だけでよいから稽古をつけてくれぬか」

「わたしが稽古を」

「さよう。まあ、そのときにはわしも付き合う。どうだ」

「それはかまいませんが、稽古なら父上がおつけになったほうが、手っ取り早いではありませんか。わたしよりずっと手練れなのですから」

「いや、わしはもう年だ。若い者に稽古をつけるほどの元気はない。それで、おまえにこういうことを頼むのは、侍の暮らしがいかにきついかということを、それとなく教えてもらいたいのだ。年もおまえのほうが近い。わしが話をすれば、おそらく説教臭くなるだろうし、三郎の胸にもひびかぬだろう」

「さようなことですか」

「受けてくれるか」

「父上も意地が悪うございます。聞いた手前断れないではありませんか」

真之介が苦笑いすれば、清兵衛はハハハと楽しそうに笑った。

「では、話は決まりだ。昼過ぎにでも連れてくるから、軽く茶飲み話でもしてくれるか。ただし今日は余計なことはいわないでよい。顔合わせということにしておこう」

「承知しました」

清兵衛はその足で、竹吉の店へ行った。

店の表で客の応対をしていた竹吉が代金を受け取ったあとで、

「昨日はお世話になりました」

と、丁寧に頭を下げた。

「忙しそうでなによりだ。それで三郎はどこだ?」

清兵衛は土間奥に顔を向けた。

「今日は朝から神妙な顔をして手伝っています。いま呼んでまいりましょう」

竹吉はそのまま戸口に向かったが、その戸口から女房のおすずが飛び出してきた。

「三郎が出て行ったわ」

「なんだと」

「木刀を持って行ったから、きっと昨日の仕返しに行くつもりなんです」

「なに、なぜ止めなかった？」

「気づいたときにはもう遠くへ行っていたんですよ。どうします」

おすずはおろおろしている。

「いま出て行ったばかりか？」

清兵衛はおすずに訊ねた。

「ほんの少し前です。わたしが井戸に行って帰ってきたとき、裏から出て行ったんです。追いかけたんですけど、間に合わなくて……」

「それなら、わたしが止めに行こう」

清兵衛はそのまま浅草に向かって足を速めた。

七

　木刀を持って逃げるように家を飛び出した三郎は、小網町の通りを小走りに駆け抜け、新材木町の河岸道に来たときに足を緩めた。

　汗をかいていた。手拭いで首筋や額の汗を拭い、呼吸を整えながら歩く。昨日のことは忘れようと思っていた。桜木という侍のいうこともわかったつもりだった。

　だが、今朝起きて顔を洗ったとき、唇や目のまわりの腫れがひどくなっていることに気づいた。母親の手鏡で見ると、目はお岩さんのようになっており、唇は赤黒く腫れあがっていた。太股や腰のあたりにもまだ鈍い痛みがあった。

　ちくしょうと、吐き捨てて家業の手伝いをしていたが、だんだん悔しさが募ってきた。このまま泣き寝入りするのが勘弁ならなくなった。

「くそ、見てやがれ」

　歩きながら小さく毒づく。商家のつらなる通りには人が行き交っていたが、三郎の目には入らなかった。

いまさらながら、昨日のことが思い出されて悔しくてならない。

寺の境内に連れ込まれた三郎は、いきなり背の高い子に足払いをかけられ、地面に両手両足をついてしまった。すぐに立ちあがろうとしたら、背後から尻を蹴られ、またうつ伏せになった。

しばらく足で蹴られまくった。尻も脇腹も太股も。頭だけは守ろうと両腕で庇ったが、その腕も蹴られた。腹を蹴られてしばらく息ができなくなり、うめきつづけた。

三人の暴力がやむと、髷をつかまれ引き起こされた。

「おれが何をやったってんだ」

にらみつけてやると、いきなり頬桁を殴られ、鼻血が噴きこぼれた。殴ったのは背の高い切れ長の目をしている子だった。

「町人のくせに生意気な口を利きやがる。もう一遍いってみやがれ」

色の黒い団栗眼がにらんできた。

そこは境内に入ってすぐの手水舎《ちょうずや》の近くだった。三人の背後には銀杏の老木があり、地面には青い実が落ちていた。つぶれている実が、いやな臭いを発していた。

「おれは町人ではない。侍の子だ」

三郎がいい返すと、どこの侍だ、親のお役目は何だと聞いてきた。答えられずに口を引き結ぶと、

「嘘をつくんじゃない!」

にきび面が頬を張った。三郎はそのことで、頭に血を上らせ、つかみかかって押し倒した。だが、反撃できたのはそこまでで、背後から肩をつかまれて引き剝がされ、仰向けに倒れた。

起きあがろうとすると、横腹を蹴られてうずくまった。

「謝れ、嘘をついた罰だ」

「町人の分際で侍に盾突くんじゃない」

「生意気な小僧だ」

彼らは口々に三郎を罵った。

気づいたときには半分意識を失い、仰向けに倒れていた。銀杏の枝葉越しの空がまぶしく、涙が頬を伝った。悔しくて、悔しくてならなかった。

その寺を出ると、神田川の畔まで行って、川の水をすくって顔を洗い、しばら

く休んでいた。

こんな無様な体《てい》では姉に会いには行けない。家に帰ろうと思ったのは、すっかり日が暮れたときだった。


「はい、いらっしゃい。おいしいよ。よってらっしゃい」

饅頭屋の呼び込みの声で三郎は我に返った。

もう、浅草橋の先の町屋まで来ていた。

唇が腫れ、片目も大きく腫れているので、擦れちがう者が驚き顔で見てきたり、恐れるように離れていったりした。

三郎は昨日の三人を捜すために、浅草田原町まで行き、連れ込まれた寺を見つけた。近くに三人はいなかった。

木刀をしごきながら近所をうろつき、ときどき町角に立って目を光らせた。同い年くらいの侍の子を見ると、顔を緊張させ近づいていったが、ちがう子だった。

（必ず見つけてやる）

三郎の意志は固かった。馬鹿にされ足蹴にされたのだ。自分に何の非があったのだと考えれば考えるほど腹立たしい。

清兵衛は浅草広小路へ来たところだった。昨夜、三郎からどんな乱暴をされたかあらまし聞いているが、その場所ははっきりとはわからない。

三郎は浅草の寺の前で声をかけられ、境内に引っ張り込まれて乱暴されている。何という寺だったかと聞いたが、三郎は首をかしげ、大きな銀杏が山門近くにあったというだけだった。

銀杏を植えている寺院は少なくない。それに浅草には寺が多い。三郎を捜すひとつの手掛かりは、

「田原町のあたりです」

と、いった三郎の言葉だった。

清兵衛は浅草の地理に詳しい。風烈廻り与力を務めているときもそうだが、花《はな》村銀蔵《むらぎんぞう》という仮名を使って放蕩していた時代には浅草が自分の縄張りみたいなものだった。

ただし、田原町といっても狭くはない。清兵衛は田原町三丁目から三郎捜しをはじめた。

三郎は腹掛けに半纏、股引姿だ。そんな職人や奉公人は多くいるが、三郎の背

恰好はわかっている。それに木刀を持っている。

早く見つけなければ、予想だにしない事態に陥ることも考えられる。もっとも三郎の気持ちもわからなくはない。

読み書きも算用もできるし、剣術の腕もあがった。そんな矢先に、一方的な親の考えで道場通いを封じられた。三郎には親に裏切られたという思いがあるはずだ。だから家出をしたのだろう。

そして、間の悪いことに侍の子弟に自尊心を踏みにじられるほど痛めつけられた。その悔しさ腹立たしさは清兵衛にもわかるが、無鉄砲すぎる。

昨夜、清兵衛は三郎を痛めつけた三人のことをあらまし聞いているが、その三人の親がどんな親なのかわからない。旗本なのか御家人なのか。万が一、相手に怪我を負わせでもすれば、ことは穏やかにはすまない。最悪、竹吉の商売にもひびくことになる。

とにかく、はやまったことをさせてはならない。

清兵衛は田原町の通りに立ち、路地に入り、さらに裏通りに出て三郎がいないかと目を光らせる。

（どこだ、どこにいるのだ）

八

三郎は昨日の三人組に出会った寺の前に来た。

白雲山金竜寺――。それが寺の名前だった。

境内に青葉を茂らせた銀杏の木が、青空に聳えている。

(やつらはまたここに来るかもしれん)

三郎は歩きまわって捜すのをやめ待つことにした。

山門に入ったすぐそばに、腰掛けるのに恰好の庭石があった。三郎はその庭石に腰を下ろして表の道に目を光らせる。

近くには書院番や徒組《かちぐみ》の与力・同心の拝領屋敷地がある。あの三人はその屋敷に住まう親の子かもしれない。与力も同心もお目見以下だ。自分の親もそうだった。同じ家格だったのだ。

そんなやつらに袋だたきにされた。このまま黙っているわけにはいかない。悔しさのあまり、三人に対する怒りが腹の底からふつふつと沸きあがってきた。

切れ長の目をした背の高い子、そして団栗眼、もう一人はにきび面だった。目を閉じると、瞼の裏にその三人の顔がまざまざと浮かびあがる。

門前の道を行商人や職人、町娘や十歳に満たないらしき子供が通り過ぎる。ときどき侍の姿も見かけたが、浪人なのか幕臣なのか、それとも大名家の勤番なのかわからない。

それはともかく、目当ての三人はあらわれない。

（そうか）

三郎は胸の内でつぶやきを漏らして、あの三人が近くの拝領屋敷に住む武家の子なら、そこへ行って捜したほうが手っ取り早いのではないかと考えた。

立ちあがったのはすぐだ。寺を出ると、そのまま右へ歩く。しばらく行ったところに徒組の拝領屋敷地があった。

三郎は父親の竹吉が現役の頃には、牛込矢来町の拝領屋敷に住んでいた。同役の者たちに一括して与えられる土地なので、大縄地《おおなわち》とも呼ばれる。敷地は組内で分割されるが、広さは百坪だったり百二十坪だったりとまちまちだ。

屋敷地に足を踏み入れると、幼い頃に住んでいた牛込の屋敷地に迷い込んだ錯覚を覚えた。どの家も似たり寄ったりの造りだ。門は木戸門が多い。竹垣や石垣などで囲われていて、隣の家との境に小さな路地があったりする。

庭仕事をしている主もいれば、縁側で茶を飲んでいる人もいた。いずれも非番なのだろう。座敷で提灯張りの内職をしている主の姿もあった。

そして、三郎が目を光らせて足を止めるのは、自分と同じぐらいの子供の姿を見たときだ。縁側や玄関は開け放されているが、その奥は暗いので影にしか見えない。

それでも、「あいつではないか」と思って目を凝らす。だが、人ちがいであった。そうやって屋敷地を一巡りしたが、目当ての三人を捜すことはできなかった。他の拝領屋敷地に住んでいるのかもしれないと思ったが、三郎はまた町に戻った。通りを流し歩き、そのあとで金竜寺の門前町へ戻った。

「あんた」

客が一段落したときに、おすずが声をかけてきた。

竹吉は首にかけている手拭いで、口のあたりを拭き、黙って女房を見た。

「桜木様にまかせておいていいのかい。三郎はわたしらの子なんだよ」

おすずの目は咎めていた。竹吉は言葉を返さず、そばの腰掛けに座って考え込んだ。いや、ずっと考えていたのだ。

三郎が昨日の仕返しに行ったのはたしかだろう。その気持ちは親にだってわかるし、もし相手を見つけたら、自分だって殴りつけてやりたい。大事な倅を傷つけられたのだ。唇や目は腫れ、太股や腕には青痣があった。怪我もしていた。

そんな我が子を見て、心穏やかであるわけがない。しかし、竹吉は後悔もしていた。

三郎のためだと思って手習いや算用を習わせたまではよかったが、剣術道場に通わせた。礼儀作法を身につけさせようとの思いであったが、やはり武士の子として武士の魂を忘れさせてはならないという思いもあった。

だが、それが裏目に出た。侍になどなれないのに、三郎はなるといい出した。利発が故に物覚えはよいし、剣術の上達も早かった。もし、御家人株を売らず自分が侍身分のままだったら、三郎の出世を考えていたかもしれない。

だが、それはいまさら望むべきことではない。

「ねえ、あんた……。なに黙っているのさ」

竹吉は古女房に顔を向けた。

「わかっている。桜木様に迷惑をかけていることぐらい百も承知だ。だが、三郎がどこへ行ったか、たしかなことはわからねえだろう」

「それは桜木様だって同じじゃないか。あの子が昨日の仕返しに行ったのなら、浅草だよ。浅草の何とかって寺のそばかもしれないじゃないか。その寺は田原町にあるといっていたじゃないのさ。桜木様にとって三郎は、他人の子だよ。それなのに実の親が、ここでのんびりしていていいのかい」

胸に刺さるようなことをいいやがると、竹吉はおすずを見る。

「行っておいでよ。店はわたしがやるから。親が何もしないって料簡《りょうけん》はないよ」

「……そうだな。たしかに……」

竹吉は首にかけていた手拭いを抜いて立ちあがった。

「捜せるかどうかわからねえが、おめえのいうとおりだ。行ってくるよ」

「そうおし」

竹吉は店のなかに戻ると、住まいにしている奥の部屋に行った。刀掛けに昔から使っている刀がある。持って行こうかと迷ったが、刀を手にすれば刃傷《にんじょう》に及ぶことになるかもしれない。

（それはいけねえ）

首を振って、息を吸って吐くと、そのまま勝手口から表へ出た。

おすずは裏の勝手口から出て行く竹吉の後ろ姿を見送ると、小さなため息をついた。

こんな面倒事が起きるとは思いもしなかったが、他人様に迷惑をかけてはいけない。やはり亭主が動くべきだ。

これでいいのだと、自分にいい聞かせ、何事もなく三郎が無事に帰ってくるのを祈るしかない。

竹吉が侍をやめ、町人になるといったとき、おすずには少なからず抵抗があった。しかし、夫がそうと決めたことなら、従うのが妻だと思い、これまで黙ってついてきた。

侍身分を捨てたのは悪くなかった。暮らしはよくなったし、店も持て、蓄えもできた。以前のように明日の費《つい》えはどうしようか、今月も内職仕事をしなければ暮らしが立たないという悩みも消えた。

だから、すっかり町屋の女になった。所作も言葉つきも、名前までも変えた。どうせならそうすべきだという竹吉の考えだった。

（あの人は正しかった）

と、いまも思っている。

しかし、三郎が侍になりたいといい出すとは思いもしなかった。どんなに諭してもわかろうとしない。その挙げ句がこの騒ぎだ。

一人悶々としながらそんなことを考えていると、目の前に人が立った。

「あ、いらっしゃいませ」

慌てたように腰をあげた。やってきたのは若い侍だった。

「つかぬことを訊ねるが、この八百屋の主は竹吉と申すか？」

おすずはドキッとした。もしや、昨日三郎が起こした一件で来たのではないかと、顔をこわばらせた。

「は、はい、さようです」

「桜木清兵衛という隠居が来なかったか？　わたしはその倅なのだが」

「は……」

おすずは目をまるくして、口を開けて驚いた。

「桜木様の……はい、見えましたが、ちょいと込み入ったことがありまして出掛けていらっしゃいます」

「もしや、そなたの倅の一件ではないか？　何となく話は聞いているのだ。それで、どこへ行かれた？」

おすずはどう説明すればよいだろうかと短く思案したが、いい加減なことはいえないと思い、正直にどんなことになっているかを話した。

九

清兵衛はほうぼうを歩き、ときに三郎の人相などを口にして訊ねたが、誰も見たという者はいなかった。

もしや、あきらめて帰ったのかもしれないと思いもするし、昨日よりひどい仕打ちを受け、どこかでくたばっているかもしれないと考えもする。

見当をつけた寺に入っても、三郎を見つけることはできないので、もう一度田原町を一巡することにした。

そうしているうちに、前から歩いてくる男に気づいた。よろけ縞の腹掛けに半纏、股引というなりだ。視線をきょろきょろ動かして路地の入り口で立ち止まっては、また歩きはじめた。

「竹吉ではないか」

清兵衛が声をかけると、竹吉は驚き顔をして走り寄ってきた。

「桜木様に頼ってばかりでは申しわけないと思いやってきたのですが……」

「見つからぬのだ。昨夜聞いたことを思い出して、このあたりだと見当をつけているのだが、とんと姿が見えぬ」

「とんだご迷惑をおかけいたしまして、申しわけもございません」

「気にすることはない。それより大事になる前に、何としてでも捜さなければならぬ」

「さようですね」

「こっちにはいなかったので、向こうに行ってみよう」

清兵衛は田原町三丁目の表通りから、二丁目に通じる竈横町《へっついよこちょう》に足を向けた。


それは、三郎が親に叱られるのを覚悟で、あきらめて帰ろうかと迷いはじめたときだった。なんと、昨日の三人組を見つけたのだ。金竜寺の門前町を挟んだ向かい側の、真砂町の茶屋に目当ての三人が、床几に腰掛けて茶を飲みながら団子を頬張っていたのだ。

三郎は眦《まなじり》を吊りあげ、下腹に力を入れ、勇を鼓して三人に近づいた。気配に気づいたのは団栗眼だった。驚いたように三郎を見てから、隣のにきび面を肘でつついた。背の高い子も三郎を見てきた。

「何だ、きさま」

口を開いたのは、背の高い切れ長目の子だ。

「昨日はよくもやってくれたな」

三郎は腹の底から声を絞り出して三人を順繰りににらんだ。

「何だ、その木刀は？　仕返しにでも来たか」

「おう、そうだ。昨日は油断したが、今日はそうはいかねえぜ」

「けッ、しょうもない野郎だ」

団栗眼が吐き捨てるようにいって、口の端に不遜な笑みを浮かべた。

「仕返しに来るなんざいい度胸だ。昨日は手加減してやったが、今日はそうはいかぬぞ」

にきび面はそういって立ちあがった。三郎と同じぐらいの背丈だ。

「ほざきやがれ。おれは一人だ。また、卑怯にも三人で相手するつもりだろうが、おれはかまわねえ」

「町人の子に小馬鹿にされてはたまらぬ。よし、相手をしてやる」

背の高い子が立ちあがって、あっちでやろうと金竜寺のほうを顎でしゃくった。

三郎は先に歩いて金竜寺の山門をくぐった。いまになって心の臓がドキドキしてきた。またやられるかもしれないという恐怖と、絶対に負けるものかという思いがない交ぜになった。

手水舎の前で立ち止まると、三人を振り返った。片手で持った木刀をびゅんと振った。

にきび面が眉宇をひそめて、腰の脇差に手をやった。

「そんなもん振りまわしたら、怪我だけじゃすまないぜ」

忠告するのは背の高い子だ。切れ長の目に残忍な光を浮かべた。

三郎はくっと唇を引き結ぶなり、

「怪我をするのはてめえらだ！」

と、怒声を発してにきび面の二の腕を、木刀で撃ちたたいた。

「痛ぇ！」

虚をつかれたにきび面は悲鳴をあげて片膝をついたが、あとの二人はさっと腰の脇差を抜いて身構えた。

三郎は木刀を青眼にかまえて間合いを取った。

「どこからでも来やがれッ」

誘いをかけると、団栗眼が脇差を振ってきた。

三郎は左へ打ち払い、突きを送り込んだがうまくかわされた。そのまま追い込もうとしたが、背の高い子が脇差を袈裟懸けに振ってきた。

三郎は下がってかわすと、間合いを詰めていく。

「重太郎《しげたろう》、腕は大丈夫か？」

背の高い子が、三郎に腕をたたかれたにきび面に声をかけた。

「初蔵《はつぞう》、そいつはおれにまかせろ。勘弁ならぬ」

重太郎と呼ばれた子が、たたかれた腕をさすって立ちあがった。

背の高い子が初蔵、にきび面は重太郎というらしい。団栗眼が三郎との間合いを詰めてきた。すると、重太郎が「彦左《ひこざ》、下がっていろ！」と怒鳴った。

その前に彦左が斬り込んできた。三郎は飛びしさってかわすと、そのまま胴を払うように右足を踏み込んで木刀を横に振った。だが、これもかわされた。

そのとき、初蔵が横から襲いかかってきた。脇差の刃がキラキラッと日の光をはじき、三郎の首の付け根に一直線に飛んでくる。

三郎は横に転がるように逃げたが、冷や汗をかいていた。脇差といえど真剣である。斬られたら血を見るのは必定。いまになって恐怖心が鎌首をもたげた。

だが、そんな三郎のことなどお構いなしに彦左が斬り込んできた。三郎は恐れおののき、後ろに下がった。どんと背中が何かにぶつかった。それは銀杏の幹だった。

「きさま、嘗めやがって」

彦左が脇差を高く掲げた。そのとき、一陣の風のようにあらわれた男がいた。

「何をしておる！　やめぬか！」

声と同時にあらわれたのは侍だった。三郎はいきなり腕をつかみ取られ、手首を打たれた。三郎の手から木刀が地面に落ちた。

つぎの瞬間、侍は彦左に詰め寄って頰を張った。バチンと肉をたたく音がして、彦左は片膝をついた。

「邪魔立て無用！」

叫んだのは初蔵だった。

だが、侍は脇差を振りかぶった初蔵の懐に、俊敏に飛び込むと片腕をつかみ取り、腰にのせて地面に倒し、脇差を奪い取った。

にきび面の重太郎が、臆したように下がり、

「子供の喧嘩に大人が出てくるとは見苦しいではありませんか」

「黙れッ」

侍は一喝すると、

「おれは北御番所当番方与力、桜木真之介だ」

「げッ……」

重太郎は驚いて下がった。彦左も初蔵も、相手が町方の与力だと知り驚愕したように目をみはっていた。

「寺の境内で刀を振りまわしての喧嘩など言語道断。きさまらの親の顔に泥を塗るようなものだ。刀を引いてさっさと立ち去れ。それともお上の前に出て申し開きをするか」

三人は顔色を変えて首を横に振り、おどおどと後じさった。

「去《い》ねッ、去なぬか！」

真之介が腰を落として刀の柄に手を添えると、三人は「ひぇー」と奇妙な声を漏らして、境内から飛び出していった。

十

「お侍は……」

逃げた三人を見送った真之介が振り返ると、三郎はそうつぶやいて目をしばたたいた。桜木清兵衛の息子だと悟った。

「怪我はないか？」

三郎はありませんと答えた。

「おぬし、八百屋の倅・三郎だな」

「はい」

「やはりそうか。それにしても無茶なことをやるもんだ。話は聞いているが、昨日の仕返しをしようと思ったのだろう」

三郎はうなだれて、こくんとうなずいた。

「気持ちはわかる。やられ損では気が治まらぬからな。だが、相手は侍の子だ。脇差も差していた。怪我がなくてよかったが、斬られても文句はいえなかったのだ」

「えッ……」

三郎は顔をあげて真之介をまっすぐ見た。

「町人が侍に盾突けば斬り捨て御免となる。無礼打ちだ。おまえは意趣返しのつもりだったのだろうが、相手が侍ならどんな仔細があれ許されはしない」

「おれは侍の子だったんです」

「さりながら、いまは八百屋竹吉の倅だ。そうではないか」

三郎は口を引き結んで顎を引いた。どうしてこの人は自分のことを知っているのだろうかと不思議に思った。だが、三人に仕返しできなかった悔しさは、まだ腹のなかに渦巻いていた。

「侍になりたいそうだな」

三郎はハッと顔をあげた。真之介が近づいてきて、そこへ座ろうといざなった。

二人は手水舎のそばにある床几に腰を下ろした。

「八百屋は嫌いか？　おまえは一人息子だという。とすれば、家を継ぐのが筋だ。父親はたしかに元は侍だった。だが、なぜ町人になったかそのことを考えたことはあるか」

三郎は足許の地面を凝視した。

「侍身分を捨てて市井に身を投じ、町人になるというのは勇気のいることだ。だが、おまえの父親はそうしたのだ。おまえを手塩にかけて育ててくれた親が、何故、意を決して町人になったか」

「……それは……」

「なんだ？」

三郎はうまく説明できずに視線を彷徨《さまよ》わせ、

「貧乏だったから」

と、答えた。

「それだけではないはずだ」

三郎は真之介に顔を向けた。


清兵衛と竹吉は金竜寺から逃げるように飛び出していった三人の子供を見て、ハッとなったあと、いやな胸騒ぎを覚え、山門に入りかけたところで足を止めていた。

手水舎のそばで真之介と三郎が話し合っていた。

「どうやらここだったようだ」

清兵衛は竹吉を振り返って、無事なようだ、心配はいらぬといった。

「では……」

竹吉は行こうとしたが、「待て」と、清兵衛は引き止めた。

「あれにいるのはわたしの倅だ。どうしてここにいるのかわからぬが、三郎を諭していようようだ。ここは出しゃばるのはやめて、様子を見ようではないか」

「へっ、桜木様の……」

竹吉は目をしばたたいて、手水舎のそばで話している真之介と三郎を見た。

清兵衛はそれからしばらく真之介の話に聞き耳を立てていたが、

「竹吉、ここはわたしの倅にまかせて、わたしらは先に帰ろう」

「しかし……」

「しっ……。よいから、よいから」

清兵衛は竹吉の袖をつかんで下がらせた。


「わたしは御番所の与力を務める父の子として生まれた。そして、父が隠居をすると、その跡を継いだ。世襲はできぬのだが、いまやそれがあたりまえになっている。おまえも父親が侍のままだったなら、同じ御先手組の同心になれただろう。だが、おまえの父親はそうはしなかった。おそらく苦しかったからだろう」

「苦しかった……」

三郎はつぶやき返した。

「うむ。御番所の与力は、他のお役とちがって恵まれている。実入りも悪くない。

しかし、御先手組の同心はそうはいかぬ。禄も低い。切り詰めた暮らしをしなければならぬ。だが、ほんとうに苦しいのは、そうではない。いくら暮らしがきつくても、侍としての体面は保たなければならぬ。内職をしていようがいまいが、それは同じだ。町人の前では見栄を張らなければならぬ。お上には忠節を誓い、あくまでも忠義を尽くさねばならぬ。上役にはおのれの考えを枉《ま》げてまでも、服従しなければならぬ。まことに窮屈で堅苦しい。それなのに、見返りは雀の涙だ。おれは侍だと民百姓に威張るのが関の山だろう。そんな侍が面白いだろうか

「…………」

三郎は山門脇にある百日紅《さるすべり》の赤い花を見た。

「なぜ侍になりたいと思った？　もともと侍の子だったからか？」

「道場に通っているうちに、やっぱり剣術はいい、侍はいいと思ったんです。おれも腰に刀を差して堂々と歩きたい」

「そうであったか。しかれども無理な話だ。もはや仕官などできぬ。戦乱の世であれば、百姓から武士になれた。いまは戦のない泰平の世である。さらに、諸国大名家にかぎらず幕府も人減らしに苦心をしている。新たに家臣を取り立てるこ

とはないのだ」

三郎は真之介の顔を見た。

「おれの話していることはわかるか？」

三郎は小さくうなずいた。

「おまえの親は立派な八百屋を営んでおる。苦労もあっただろうが、ちゃんとした店を構えて人に恥じぬ商売をしている。それは尊いことだ」

「尊い……」

三郎は目をみはった。

「さよう。立派なことだ。わたしにもわたしの親にもできぬことだ。それをおまえの親はやっているのだ。三郎、どうだ」

真之介が体をひねって三郎を見てきた。

「はい」

「親の跡を継いで、もっと大きな商売をやれる男になったらどうだ。そうなれば、旗本の殿様も諸国の大名さえも頭を下げてくるやもしれぬ」

「そんなことが……」

「あるのだ。江戸にはそういう商人が何人もいる。おまえもその仲間入りができる男になったらどうであろうか」

三郎は信じられぬ思いだった。

旗本や大名が頭を下げる商人……。

十一

「へい、いらっしゃい」

竹吉が新たな客がやってくれば声をかけ、

「毎度ありがとうございます」

と、おすずが別の客から代金をもらって礼をいう。

清兵衛は商売の邪魔にならぬように、竹吉が軒下の端に置いてくれた腰掛けに座って、のんびり茶を飲んでいた。店はなかなかの繁盛ぶりだ。

茶を飲んで、高く晴れた空を眺める。鳶が舞っている。視線を下げると、亀島橋をわたってくる三人の職人の姿があった。口々に何か話し合って、店の前を通り過ぎていった。

清兵衛はそろそろ真之介と三郎が戻ってくる頃ではないかと、霊岸島町のほうをときどき見やる。

竹吉の店に戻って半刻はたっている。その間に、おすずが作ってくれた塩むすびを腹に入れていた。竹吉とおすずは商売柄か、中食はあまり取らないそうなのだが、気を利かせてもらったのだった。

金竜寺に真之介がいた謎は、おすずから話を聞いて解けた。真之介は現任中の与力である。もっともまだ助役なので、本役になるまで二、三年はかかるだろう。それでも市中をのべつ見廻っているので土地にあかるい。浅草田原町に近い寺、その寺に銀杏の大木があるというだけで、見当をつけたにちがいない。

「遅いですね。帰ってくるでしょうか？」

客が途絶え、手の空いた竹吉がそばにやってきた。不安の色は薄れているが、それでもまだ心配げな顔つきだ。

「焦らぬことだ。どっしり構えておれば、帰ってくるさ」

清兵衛は笑顔で応じる。

「生意気盛りですから、まさか若様に迷惑をかけているのではと、それが心配なんです」

竹吉はいつしか真之介のことを「若様」と呼んでいた。

「生意気なのはうちの倅も同じだ。生意気同士で気が合うているのやもしれぬ」

「お茶、お替わりいたしましょうか」

おすずがいってきたので、清兵衛はお願いすると湯呑みをわたした。そして、差し替えの茶をおすずが持ってきたとき、通りに真之介と三郎の姿があらわれた。

「竹吉、おすず、戻ってきたぞ。ほれ、向こうだ」

清兵衛がいうと、二人は同時に霊岸島町のほうに顔を向けた。

真之介はなにやら嬉しそうな顔をしているが、三郎は神妙な顔つきだった。

「若様ご面倒をおかけいたしました。女房から話を聞いて、何とも申しわけのない手間をおかけしました」

「親父殿だな」

真之介は平身低頭する竹吉を見て、ちらりと清兵衛に顔を向けた。口の端に笑みを浮かべていた。清兵衛はうむと、うなずく。どうやら三郎をうまく説得したようだ。

「これ三郎、てめえってやつは」

竹吉が怒り顔で三郎をにらむと、真之介がまあまあと手をあげて制した。

「今度にかぎって許してくれぬか。三郎は改心したのだ」

「改心……」

　竹吉は真之介と三郎に視線を往復させた。

「三郎、まずは謝ったらどうだ」

　真之介にいわれた三郎は一歩前に進み出て、深く腰を折り両膝に手をついた。

「おとっつぁん、おっかさん、迷惑をかけて申しわけありませんでした。おれがまちがっていました」

　竹吉とおすずは、ぽかんと口をあけた。

「二度と侍になりてえなんていいません。これからはしっかり店の手伝いをします。勘弁できないんなら、好きなようにしてください」

　三郎はそのまま両手両膝を地面について土下座をした。

「馬鹿野郎、迷惑をかけたのは桜木様と若様にだ。おれたちに謝ることはねえ。こちらのお二人に頭を下げるのが筋だ」

「へえ、わかっておりやす。ですが、いわせてください」

「なんだ」

　竹吉は憤った顔で三郎を見下ろす。

「おれは親の苦労も知らねえ、我が儘者でした。おとっつぁんとおっかさんの苦労をよく考えもしなかった。侍だったくせに、青物をいじって町人に頭を下げて礼をいうのを見るのがいやだった。だけど、そうじゃなかった。潔く心を入れ替えて、身分を捨て、侍の名前も、しゃべり方も何もかも変えて、朝早くから遅くまで汗を流してはたらいている。その尊さを知ることができなかった。ほんとうに申しわけねえことをした」

「三郎、もうわかったからお立ち」

おすずがしゃがんで三郎を立たせようとしたが、

「おっかさん、おとっつぁん、おれは決めたんだ」

と、三郎は遮って両親の顔をしっかり見た。

「これからは汗水流して家の手伝いをする。そして、この店をもっと大きくする。江戸一番の店にしてえ。いや、そうなるように汗を流し、知恵を絞ることにした。おとっつぁん、おっかさん、だからおれをそうなれるように仕込んでください」

「おめえ、なんてことを……」

竹吉が言葉を詰まらせれば、おすずは両手で顔を覆って、

「三郎」

と、呼んで抱きついた。

「よくいってくれた、よくそこまで考えてくれた」

おすずはそのまま三郎の肩に頬をつけて嬉し涙を流した。

「いいから、立て。三郎、もうわかった。もう何もいわねえ。だが、いまいったこと忘れるんじゃねえぜ」

「へえ、絶対忘れません」

竹吉は大きく嘆息すると、一度空をあおぎ見て、世話を焼かせやがってとつぶやいた。その両目がうるんでいた。それから一度洟をすすって、清兵衛と真之介に体を向け直した。

「桜木様、若様、とんだ見苦しいところをお目にかけました。どうかご勘弁の程お願いいたします。それにご面倒をおかけしました」

竹吉が礼をいうと、おすずも慌てて立ちあがり、

「ほんとうにお世話になりました」

と、深々と頭を下げた。

三郎は土下座のまま、額を地面につけていた。その地面にぽたぽたと落ちる後悔と改心の涙が、黒いしみを作っていた。

「礼などいらぬさ。ともあれ、まるく収まって何よりであった」

真之介も感に堪えないという面持ちでうなずいた。

「では、帰るか」

清兵衛が真之介をうながすと、おすずが慌てて商品の野菜をかき集めて持って行ってくれという。

「いや、大事な商売ものだ。入り用になったら、そのときに買いにまいる」

清兵衛は固く断って、真之介といっしょに亀島橋をわたった。

「真之介、三郎に何を話してやったのだ」

「大した話はしていません。男は潔くなければならぬといっただけです。竹吉も潔く商人になったのですから……」

「ふむ、男は潔くなければならぬか……。よくいったものだ」

清兵衛は感心しながら歩いた。なんだか嬉しかった。おのれの伜ながら、少しは成長したと思いもした。

「一杯やるか」

「は、まだ日は高うございますよ」

「酒を飲むのに日が高い低いはなかろう。まあ、たまには親子水入らずもよいだろう。ただし……」

「何でしょう」

真之介が顔を向けてくる。

「おまえの奢りだ」

真之介はしてやられたという顔をしたが、清兵衛はカラカラと笑って歩きつづけた。

夕暮れにまだ遠い江戸の町は、あかるい秋の日射しに包まれていた。

第四章　拾う神

一

「気になる女の子……」

それは、晩酌をしているときだった。

清兵衛は盃を口の前で止めて、妻の安江を見た。

「昨日もその前の日も見かけたのですけれど、おかしいのです」

「おかしいとはどういうことだね……」

「昼前に大名屋敷へ御用聞きに行っているのを見かけ、夕刻には長屋の表で子守をしていたのです。十三か十四ぐらいの女の子なので、赤ん坊は年の離れた妹さんかしらと思ったのですが、仕事から帰ってきたおかみさんに赤ん坊を返して駄賃をもらったのです」

「御用聞きに子守を……まあ、そんな子もいるだろう」

清兵衛は酒を飲み、茄子と胡瓜の塩揉みをつまんだ。

「それだけではないのです。その赤ん坊の母親が、まだ飯炊きに行っているのかと聞くと、その子は『はい』と、元気よく答えたのです」

「ふむ」

「十三か十四で三つの仕事を掛け持ちしているのですよ。それが毎日かどうかわかりませんけれど……」

「感心な子だな。親はどうしているのだろう？」

「さあ……。小さな娘に三つの仕事をさせるのですから、よほど内証が苦しいのでしょう。でも、とても賢そうで愛らしい子なのです」

「どこに住んでいるのだね？」

安江はそれはわからないと首をかしげ、夕餉の片づけにかかった。

そのことで、安江が話した女の子のことは清兵衛の頭から遠ざかっていった。

暮らし向きがきつく、五、六歳から家の手伝いをしている子はめずらしくない。

安江の話した女の子も、そんな子なのだろうとひとくくりに考えたのだ。

翌日、清兵衛はいつものように散歩に出た。秋めいてきた空の下、のんびり歩くのは気持ちがよい。風も涼しくなり過ごしやすい季節だ。

鉄砲洲の河岸道沿いを辿り、波穏やかな海を眺める。日の光を照り返す海は、ちりばめた水晶のように輝いている。海鳥の声ものどかで、寄せては返しながら真砂を洗う波の音も心地よい。

(隠居も悪くない)

そう思うこの頃である。

その日はぶらりと築地本願寺に立ち寄った。正式な呼び名は築地別院だが、築地門跡という通称も併せ持っている。

境内は一万坪以上の広さがあり、本堂、書院、太子堂などの他に五十八坊の子院がある。

丁度、本堂で僧侶らの誦経が行われており、壮気凛然とした声が広い庭に漏れ聞こえてきた。耳に響くその声を聴くだけで、身の引き締まる思いがする。

本堂の屋根に十数羽の鳩の姿があり、広い庭にも群がっている鳩がいた。清兵衛が近づくと、その鳩たちが一斉に羽ばたいて舞いあがった。

清兵衛は鳩の行方を追い、誦経の聞こえてくる本堂に目を向けた。この寺院には輪番と呼ばれる役僧がおり、本山と幕府寺社奉行との交渉にあたっている。

そんな寺の境内をゆっくり歩いていると、ふと与力時代のことが脳裏を掠めた。

あの頃は、こうやって寺をのんびり歩くことなどなかった。風烈廻りとして常に市中の治安が乱れていないか、火事が起きやしないかと目を光らせ、神経を尖らせていた。いざことが起きれば、配下の同心らを従え、問題の場所に駆けつけたものだ。

それがいまは暇を持て余し、体まで持て余し、ついでに小言の多くなった妻まで持て余している。

人の一生はわからぬものだと、しみじみ思う清兵衛は一人勝手に苦笑する。

築地本願寺を出ると、ぶらりと木挽町の町屋を流し歩き、南八丁堀に入った。この町は大名屋敷と隣接している。いまも近江膳所《ぜぜ》藩本多家の勝手口に御用聞きらしい男が立ち、本多家の家臣と何やらやり取りをしていた。

それを見たとき、清兵衛は昨夜安江から聞いた女の子のことを思い出した。

(どこの大名家を訪ねていたのだろうか?)

たしかに十三、四の少女が御用伺いに、大名屋敷を訪ねるというのはあまり聞いたことがない。本多家の隣は須坂藩堀家で、その隣は彦根藩井伊家の蔵屋敷だ。

（はて、どこを訪ねたのやら）

暇にあかせてそんなことを考え、どこの商家にその少女が雇われたのだろうかと思いもした。

そのまま通りを歩き、稲荷橋そばにある甘味処「やなぎ」の床几に座った。すぐに娘のおいとがやってくるかと思ったら、その日はおえいというおいとの母親だった。太り肉《じし》で肌の色艶がよく、娘のおいと同様にふっくらした顔に愛嬌がある。

「いっしょに柚饅頭はいかがですか？」

おえいは茶の注文を取るついでに訊ねる。

「ほう、柚饅頭か。もうそんな季節なのだな」

「へえ、もうじき栗饅頭も作ります」

「それは楽しみだ。では、柚饅頭をひとつもらうか」

おえいが奥に下がると、清兵衛は湊稲荷に目を向けた。青々とした松の枝葉があれば、これから紅葉を迎える楓の青葉も目についた。蟬の声はとんと聞かれなくなったが、それでも夕暮れ間近になると蜩《ひぐらし》の声を聞く。湊稲荷からは早くもその蜩の声があがっていた。

「おいとは使いにでも出ているのかな」

おえいが茶と柚饅頭を運んできたので聞いてみた。

「へえ、近くのお屋敷に柚饅頭を届けに行っています。桜木様と同じご隠居がいらっしゃいまして、贔屓にしてもらっているんです」

「年を取ると、なぜか甘いものがほしくなるからな」

清兵衛はそういってから柚饅頭をつまんで食べた。

「柚子の香りがほんのり漂い、口のなかに広がるではないか。甘みもよい。おえい殿は菓子作りの名人だな」

「長年やっていますから」

おえいは謙遜もせず、ひょいと首をすくめる。そんな仕草は娘のおいとにそっくりだ。

「うん、うまい。今度は栗饅頭を楽しみにしていよう」

「是非、召しあがってください」

そのままおえいは下がろうとしたが、清兵衛はあることを思いだして呼び止めた。

「わたしの妻から聞いたのだが、この近所に感心な娘がいるそうだな。なんでも御用聞きをやったり子守をやったりしているとか……。十三か十四ぐらいの娘らしいのだが、知らぬか」

「それでしたら、おふみちゃんでしょう」

「おふみ」

「へえ、おっかさんの江戸わずらいがひどくなったらしく、薬礼を稼いでいると聞いています。可愛らしい顔に似合わない、はたらき者ですよ」

江戸わずらいとは、脚気《かっけ》のことである。

「どこに住んでいるのだね？」

「たしかな場所は知りませんが、本湊町の裏店のはずです」

すると、清兵衛と同じ町内ということだ。

「妻が感心しておってな。おふみというのか……」

二

「おっかさん、ただいま」

腰高障子を開けて三和土《たたき》に入ったおふみは、居間に寝ている母親のおせいを見た。夜具に横たわったままおせいは、か弱い声でお帰りといった。

「殿様から茄子の土産をもらったわ。煮物がいい、それとも焼いてそのまま食べる。どっちがいいかな」

おふみは風呂敷で包んできた茄子を上がり口に置いて、居間にあがった。

「もう暗いから行灯をつけるわよ」

「そうしておくれ」

おせいはけだるそうな顔で応じて、ふうとため息をつく。おふみはそんな母親をちらりと見て、行灯に火を入れた。安物の魚油だから黒い煤が出たあとで、ぽっと灯りがともった。薄暗かった部屋が、仄あかるくなる。

「どう、具合は？」

おふみは枕許に座って、おせいの顔をのぞき込む。

「変わらないよ。ちっともよくなりゃしない」

おせいはうつろな目をおふみに向け、小さく首を振った。かすれた声には元気な頃の張りがない。

「そんなことないわ、お医者は少しずつよくなっているといってるんだから。お昼はちゃんと食べた？」

「洗っといたよ」

おふみは台所の流しを見て、おせいに顔を戻した。

「それじゃこれから飯を炊くけど、お腹空いている？」

おせいは空いていないと首を振る。

「空いていなくても食べなきゃだめよ。薬も飲まなきゃならないし……」

「あんなもん効きやしないよ。医者にたかられているだけだ。おふみ、もう医者にかかるのはやめるよ。あれは藪だよ」

「そんなことないわ。いいお医者だという評判よ。とにかくいま飯を炊くから」

「誰がそんな嘘っぱちを……」

おふみは取り合わずに土間に下りて竈の前に座った。付け木を使って火を熾《おこ》すと薪をくべた。飯釜には朝研いでおいた米が入っているので、そのまま竈にのせるだけだ。

飯が炊ける間に、おふみはもらった茄子を洗って、煮物にすることにした。南瓜や芋も入れたいが、それはなかった。

流しには使われた丼と箸が置かれていた。丼にはおせいのために作った粥が入っていたが、洗われていた。

平らげたのか、それとも見つからないようにどこかに捨てたのかわからない。

何度か長屋のどぶに捨てたことがあった。それを隣のおかみさんが見て、おふみにこっそり教えたのだ。

おせいは床に臥してはいるが、壁や柱に手をついて伝い歩きぐらいはできる。井戸端にも厠《かわや》にもそうやって行き来するのだ。

しかし、この頃それがきつそうに見える。おふみは手を貸そうかと躊躇《ためら》うが、医者はなるべく一人でできることはやらせたほうが当人のためだという。手を貸せば、足腰の弱りが早くなるらしいのだ。

茄子はお湯でゆがいて、摺った生姜をのせ、醤油をたらして食べることにした。水を入れた鍋が沸騰すると、茄子を入れてしばらく待つ間に、生姜を少しだけ摺り下ろした。

料理は幼い頃からおせいのやり方を見て覚えたのだが、要領がわかると少し手を入れてみたりする。もっとも料理に使う材料は切り詰めているので多くはないが。

「おふみ……」

おせいに呼ばれたおふみは居間を振り返った。おせいが半身を起こしていた。その顔は行灯のあわいあかりを受けているが、蒼白だった。まだ四十にもならないのに、婆さんのようにしわが増え肌には艶もない。

「どうしたの？」

「飯はいらない。食う気がしないんだよ」

おせいは首を振って、乱れている髪をか細い手で引っ掻いた。

「食べなきゃだめです。もうすぐ炊けるんだから」

「いらないよ。腹は減ってないんだ。わたしの分までおまえが食べればいいんだ」

またはじまったと、おふみはため息をついた。

「少しでもいいから食べなきゃだめ」

おふみは少し強くいってから、茄子をお湯から引きあげ、俎《まないた》の上にのせ包丁で切れ目を入れた。それを皿に移して摺った生姜をのせ、醬油をたらした。

他にある飯のおかずは、沢庵と胡瓜の漬物だった。おふみは子守を頼まれているおみねさんから、ときどき漬物をもらうことがある。

御用聞きをいいつけられる酒屋の「能登屋」のおかみさんも、ときどき余った煮物や佃煮をくれるし、飯炊き女中をしている旗本の杉畑《すぎはた》嘉兵衛《かへえ》の家でも、今日の茄子のようにもらい物をする。

実入りはわずかだが、はたらくことによってそんなおこぼれがあるのだ。

夕餉の支度ができると、おせいの枕許に運んでいった。

「さ、食べるんだよ。おっかさんの病気は治るって、お医者がいっているんだから食べて元気をつけなきゃ」

飯をよそった茶碗をおせいに差し出したが受け取らなかった。

「どうしたのよ」

おせいはおふみを黙って見てきた。

「あんたには苦労をかけるね。あんたはほんとうに……」

おせいの目に涙が浮いた。

「どうしたのよ、おっかさん。今夜は変だよ。わたしは苦労なんてちっとも思っていないから。ねえ、食べよう」

「こんなこといいたかないけど、わたしゃ長くないよ。わたしが生きていると、おまえに苦労をかけつづけることになる」

「………」

「おふみ、おっかさんのことはうっちゃっておいて、あんたはちゃんとしたとこへ奉公に行きな。あんたならどこだって雇ってくれる。そうなりゃ、あんたはこんな苦労しなくてすむんだ。おっかさんは情けなくてねえ。どうしてこんな体になっちまったんだろうかって、自分を恨みたくなる。何も悪いことなんてしちゃいないのに、仏様も神様もわたしに辛いことをされる。そのために、おまえが苦労して……」

母親の涙を目の当たりにすると、おふみも悲しくなった。

「おっかさん、そんなこといわないで。わたしは苦労なんて思っちゃいないんだから、おっかさんが長生きしてくれなきゃ困るんだよ。病気が治ればまたはたけるんだから、そうなるようにしっかり食べなきゃ。治ってくれなきゃ、わたしが困るんだよ。ほら、拭いてあげるから」

おふみはおせいの涙を手拭いで拭いてやった。

「……そうか、そうだね」

「そうだよ。さ、ちゃんと持って」

ようやくおせいは茶碗を受け取って箸をつけた。おふみは母親が飯を口のなかに入れたのを見て、か弱く微笑み、それから飯にかかった。

床下で虫が鳴いていた。表からも同じような虫の声が聞こえてきた。

そして、おふみは心のなかで涙していた。

三

数日後の朝だった。

夜のうちに降った雨が、地面をしっとり濡らし、涼やかな風が吹いていた。雲はあるが、青空がのぞいていた。

清涼な空気を吸いたいと思い立った清兵衛は、朝餉の前に近所をぶらぶら歩いて家に帰った。

「気持ちよい朝だ。夏の暑気は、これですっかり去っただろう」

框に腰掛け、足を拭きながら台所にいる安江に声をかけた。

「いま支度しますから」

てんで答えになっていない返事があった。

「ふむ。飯か……」

清兵衛は座敷から居間に行って腰を下ろした。味噌汁の匂いと、炊きたての飯の匂いが漂っていた。あまり腹は減っていなかったが、その匂いを嗅いで食欲が出た。

納豆とめざし、味噌汁、香の物。副菜はそれだけだが、炊きたてのふっくらした飯は何ともうまい。

普段は茶碗一杯ですますが、その朝はお替わりをした。

「あら、めずらしく食が進みますね」

「今朝の飯はうまい。気持ちのよい風にあたってきたからかもしれぬ」

「気になっている娘さんのことわかりましたわ」

清兵衛は箸を止めて、安江を見た。

「ほら、この前話しました女の子のことです。おふみちゃんといって、十四歳だそうです。同じ町内の甚助店《じんすけだな》に住んでいるんですって」

「例の娘のことか……」

またもや清兵衛の頭からその女の子のことは離れていた。そのまま箸を動かして二杯目の飯を平らげる。

「母親が半年前に倒れて動けなくなったので、おふみちゃんが代わりにはたらいているんです。それも子守に御用聞きに、旗本の屋敷での飯炊き、夜は針仕事までしているんですって」

「そりゃあ大変だろう。毎日、そんなにはたらいているのか？」

「よくはわかりませんが、そんなことを聞きました。昨夜話し忘れていましたけど、なんだか気になります」

「気になるって……」

清兵衛は飯碗と箸を置いて、茶に口をつけた。

「母親の代わりにはたらいているんでしょうけど、無理をすれば自分も倒れてしまうのではないかと……長屋の人は何か手を差し伸べていないのかしらと……」

「父親はどうしたのだ？」

「よくわかりませんが、母娘二人暮らしらしいですわ。十四でそんな苦労をするなんて可哀想じゃありませんか。わたし一度見かけて、何て愛らしい子かしらと思ったんです。だから余計に気になるんです」

「だからといって、わしらには何もできぬだろう。それによく知りもしない他人の家のことだ」

清兵衛はそういった矢先、ずいぶん冷たいことを口にしたと思い、言葉を添え足した。

「そういえば『やなぎ』のおかみも、その子のことを褒めておったな。なんでも江戸わずらいをひどくした母親のために薬礼を稼いでいると……」

「江戸わずらいなのですか……。倒れるほどですから、よほどひどいのかもしれませんね」

「ま、そうだな。それにしても、よほど気になるようだな。よし、わしがちょいと様子を見てこよう」

片付けをしていた安江が、さっと顔を向けてきた。

「ほんとうに可愛い子なんです。余計なお節介でしょうけれど、ちょっとお願いします」

「わかった」

清兵衛は剃り忘れていたひげと月代《さかやき》をあたり、髷に櫛を入れると、楽な着流しに大小を差して家を出た。

すでに町屋のどこの店も表戸を開け、商売に励んでいた。おふみの長屋は甚助店と聞いているので、近所の店で訊ねるとすぐにわかった。

本湊町の南にその長屋はあった。古着屋と履物屋に挟まれた木戸口を入ると、住人の名を書いた木札が下げてあった。

おふみの名はないので、井戸端にいるおかみに声をかけた。

「おふみちゃんの家なら、木戸口から二軒目ですが……知り合いなんでしょうか？」

　おかみは清兵衛が大小を差した侍なので、少し奇異な目をした。

「知り合いではないが、ちょいと用があってな。そうそう、母親は寝込んでいると聞いたが、そうなのであろうか？」

「江戸わずらいで床に臥せってんです。どうもひどいことになってるみたいですよ」

「ひどいというのは……？」

「半年ほど前に倒れちまったんですけど、それまで我慢していたんでしょう。だから倒れたあとは、どんどん悪くなったみたいで……おせいさんも可哀想だけど、娘のおふみちゃんがねえ」

　おかみは手を腰のあたりにこすりつけて、深刻そうな顔になった。

「おふみがどうしたのだ？」

「朝から晩まではたらき詰めなんですよ。大人だって真似できないほどはたらくんです。それもおせいさんのためでしょうけど……見ていて気の毒になります」

「この長屋の者は何か助をしないのか？」

　おかみは真顔で首を横に振った。

「親切をしようとすると、嫌がるんです。癇癪を起こしたように喚《わめ》くから、もう手を貸すのはよそうって、そんな話になってんです」

「おふみが癇癪を起こすのか？」

「いいえ、おっかさんのおせいさんですよ。この頃はおとなしくしてますけど、顔を合わせるとにらむように見てくるし、いい気味だと思ってるんだろうと、こっちが思ってもいないことをいうんです。あ、こんなことは……」

おかみはハッとした顔で、片手で口を塞いだ。

「聞かなかったことにするから懸念あるな。それでおふみはいるのか？」

「もう出て行きましたよ」

「どこへ行ったかわかるか？」

「さあ、どこでしょう。でもお侍は、何でおふみちゃんを……？」

「人に頼まれたことがあるのだ」

他にいいようがないので、そういっておいた。

「多分、今日は酒屋じゃないかしら。御用聞きしてるんです」

「その店は？」

「南八丁堀五丁目の『能登屋』です」

ときどき同じ店で酒を買うので、清兵衛にはすぐにわかった。

おかみと別れ、一度おせいの家の前で立ち止まったが、束の間耳を澄ましただけで長屋を出た。

四

「これは桜木様、いらっしゃいませ」

「能登屋」に入るなり、主の久万吉《くまきち》が頭を下げ揉み手をしながら近づいてきた。

「日和がいいな」

「へえ、暑いのは苦手なんで、いい時候になりました。何にいたしましょう」

「酒はあとでもらうが、おふみという娘が来ておるだろう」

「へえ、毎日ではありませんが、二日に一度御用聞きを頼んでいるんです。何でもおっかさんが倒れちまって大変だから、何か手伝えることはないかといって来ましてね。それならうちの小僧が一人足りないもんで、やってくれといったら驚きです。うちは本多家に贔屓にしてもらっていたんですが、あの子は伊達様や堀様、尼崎の松平様、それから豊後岡の中川家のご勤番から注文を取ってくるようになりましてね。いきおい忙しくなって助かっているんです」

久万吉は早口でしゃべる。話し好きな男なので、清兵衛は敬遠していたのだが、こういうときは助かる。久万吉が口にした大名家は、いずれも店の近所にあった。

「おふみは思いの外だったわけだ」

「その辺の奉公人より、よっぽど気が利いてますよ」

「いまはどこへ行っているのだ？」

「一廻りですよ。おふみが朝のうちに注文を取ってきて、あっしらが夕方に品物を納めに行くという段取りです。お届けにあがると、ご勤番のどなたもおふみのことを褒めちぎります。爪の垢を煎じてもらい、うちの娘に飲ませてやりたいなどと、まんざら冗談とも取れないことをおっしゃったりするんです。あ、茶を淹れましょう。それともお急ぎですか？」

「せっかくだからもらおうか」

清兵衛は帳場の上がり口に腰を下ろした。

「それにしてもあの子ははたらき者です。感心するっていうか、舌を巻く思いですよ。大した親孝行もんです。あちち」

久万吉は火鉢の上の鉄瓶をつかんで、指をふうふうやり、茶を淹れてくれた。

「飯炊きもやっているらしいな」

「へえ、長沢町にお住まいの杉畑とおっしゃる殿様のお屋敷に毎日通っています。まあ、うちの仕事が終わってからですがね」

「八丁堀の長沢町か？」

「さようです。お役はないらしいのですが、いい殿様だとおふみはいいます。そのお屋敷からも、おふみは注文を取っても来ます。ありがたい娘です」

「そなたは、おふみの母親に会ったことはあるか？」

「ございません。住んでいる長屋は知っているんですが、おふみも来ないでくれといいますから遠慮しているんです。ですが、おふみの大変さはわかりますから、ときどき食い物を持たせたり駄賃をはずんだりしています。あの子を見ていると、どうしても肩入れをしたくなるんですが、拒むのを無理にというわけにもまいりませんからね」

「殿様の名は、杉畑何というのだ？」

「杉畑嘉兵衛様です。なんでも近々お役がつくとかつかないとかって話です」

すると、杉畑嘉兵衛は無役の旗本ということだ。長沢町にはたしかに旗本屋敷が何軒かあるが、大きな屋敷ではない。おそらく杉畑は、禄高三千石以下の旗本で小普請入りをしているのだろう。それ以上であれば、寄合肝煎の世話を受ける。

「針仕事もしていると聞いたが……」

「そうなんです。昨夜もその仕事をしていたらしく、そこに風呂敷包みがあるでしょう。今日は届けなきゃならないといっていました」

帳場格子の横に、たしかに風呂敷の包みがあった。

「仕立て仕事を手伝っているのか」

「三丁目に伊左次《いさじ》って職人がいるんです。その仮縫いをやっててんですよ」

「親のためとはいえ、大変なことであるな」

「まったくでございます」

久万吉は新しい客が来たので、「いらっしゃいませ」といって戸口のほうへ行った。

清兵衛は茶を飲みながら、おふみの顔を見たくなった。安江が愛らしい子だといったので、ほんとうにそうなのだろう。

客が二升の酒を買っていくと、久万吉がまた横に来た。

「桜木様はいつも何をなさってらっしゃるんです？　いえ、隠居されているというのは存じていますが、いつもこの辺をぶらぶら歩いてらっしゃるのを見かけるので、うちの嬶と何をしているんだろうって話をしているんです」

　久万吉は目尻にしわを寄せて訊ねる。人のよさそうな丸顔で、目尻が少し垂れている。

「暇な身だが、何かとやることはある。退屈はしておらぬな。だが、何をしていると聞かれると、答えるのがむずかしい。雑事があれこれとあるのだ」

「まあ、そうでしょう。あ、おふみが帰ってきました」

　戸口を見ると、台帳を手に持った娘がやってきた。麻の葉鹿の子を着ている。少し丈が短いので、裾が上がっていた。

「旦那さん、注文取れましたよ」

　おふみは台帳を久万吉にわたした。黒く澄んだ瞳に柳眉。色が白く、整った顔立ちだ。おふみは清兵衛の視線に気づいたらしく、顔を向けるなり、口許に小さな笑みを浮かべて会釈をした。

「桜木様だ。うちのお客様なんだよ」

　久万吉が紹介すると、

「お世話になっています。わたし、おふみと申します。どうかご贔屓のほどお願いいたします」

おふみはぺこりと頭を下げた。ものいいも仕草も好感が持てる。なるほど愛らしい子である。

「そなたのこと、みんな感心しているぞ。はたらき者だとな」

「ありがとうございます。ただ、忙しくしているだけです」

おふみはそう答えると、久万吉に顔を向け直した。

「それじゃ旦那さん、わたしは行っていいですか？」

「ああ、ご苦労だったね。これを忘れちゃだめだよ。大事なものなんだろう」

「あ、そうでした」

おふみはひょいと首をすくめ、風呂敷包みを持つと、もう一度清兵衛に会釈をして出て行った。

「なるほど、噂に違わぬいい娘だ」

清兵衛は感じ入ったようにつぶやくと、久万吉に茶の礼をいって店を出た。

五

（おれは物好きなのか）

内心で独りごちる清兵衛は、自嘲の笑みを浮かべて、仕立屋伊左次の家から出てきたおふみの後を尾《つ》けた。

八丁堀に架かる中ノ橋をわたり、そのまままっすぐ歩き、長沢町の二本目の通りを西へ行った。町の西側には小さな武家地がある。いずれも旗本屋敷だ。

おふみは北から三軒目の屋敷に消えた。

（ここが杉畑嘉兵衛様の……）

清兵衛はどんな人物なのか知らない。以前から住んでいた旗本なのか、それとも越してきたのかはわからない。八丁堀に住んでいた与力時代には、屋敷前の道を何度も通っているが、付き合いもなければ住んでいる旗本に出くわしたこともなかった。

杉畑家をたしかめた清兵衛は、そのままきびすを返し、伊左次の店を訪ねた。

表店ではなく、横の通りにある脇店だった。戸を開け放してあるので、そのまま声をかけて敷居をまたぐと、着物の背縫いをしていた伊左次が顔をあげた。

「いらっしゃいませ」

「客ではないが、少し邪魔をする。手間は取らせぬがよいだろうか？」

「何でございましょ」

伊左次は針を持ったまま、縫っていた着物を膝の上に置いた。人のよさそうな顔をした、三十半ばの痩せた男だ。所狭しと反物が積んであり、仕立て上がりの着物が壁にいくつも重ね掛けしてあった。

「わたしは本湊町に住む桜木清兵衛と申す。あやしい者ではない。おふみという娘に仕事を頼んでおるな」

「へえ、おふみが何か？」

伊左次の顔が少しこわばった。

「何をしたわけではないが、どうも気になるのだ。あの子の親が床に臥せっているのは知っておるな」

「存じております」

「母親のためにはたらいているとはいえ、じつに感心な子だ。斯様なことを申すのは、何かあの子の力になれないかと思ってな」

「はあ、それは是非ともわたしからもお願いしたいことです」

伊左次は膝の上の着物を脇に置き、居住まいを正してからおふみとの出会い話をした。

「この店に来たのは半年ほど前でしたか。いきなり仕事をさせてくれないか、なんでも手伝うといいます。針仕事ぐらいはできるでしょうが、相手は十四の娘ですし、こっちは商売ですから、素人には手伝わせられないと断ったのです。しかし、針仕事は得意だから試してくれ、それでだめならあきらめるといいます。なぜ、そんなに仕事をしたいと聞きますと、おっかさんが倒れて動けないので、代わりにはたらかなきゃならないといいます。あまりにもその顔が真剣ですから、ちょいと端切れを縫わしてみたんです。すると、なかなか器用だというのがわかりました。試しに、かがり縫いをやらせたんです。まあ駄賃でもやればいいだろうぐらいに考えていたんですが、その日のうちに戻ってきて、さっきのは終わったので、他に仕事はないかといいます」

「それがきっかけで仕事を頼むことにしたのかね」

「まあ、そんな按配です。それにしても手間賃は多く払えません。おっかさんの代わりといっても、わたしの仕事だけではどうにもならないはずです。ところが、酒屋の御用聞きもお武家の女中仕事もやっているので、心配はいらない、仕事をつづけさせてくれと熱心です。そんなことでここしばらく、手伝ってもらっているんですが、文句のつけようがありません」

「母親の様子は聞いているのかね？」

清兵衛は上がり口に腰を下ろした。

「へえ、いろいろ話は聞いておりますが、あまりよくないのではないかと思うんです。医者を紹介してやったんですが、そのお医者も苦い顔をしております」

「苦い顔というのは……」

「母親はずいぶん無理をしていたようです。もっと早くに医者にかかっていれば、どうにかなっただろうが、いまとなっては手遅れみたいな、そんなことを……」

伊左次は口が滑ったという顔をした。

「懸念あるな。わたしは他には漏らさぬ。されど、おふみはそのことを知っているのだろうか？」

「知らないはずです。母親の病を治すんだと、一途です。治ると信じ切っています」

「ふむ……」

清兵衛は毛羽立っている畳を短く見つめて、伊左次に視線を戻した。

「そなたは医者を紹介したといったが、何という人だね？」

「今村空庵《いまむらくうあん》という医者です。藪だと陰口をたたかれているようですが、わたしはいい医者だと思っています」

「その医者はどこに住んでいる？」

「船松町二丁目です。桜木様、おふみに力添えをするようなことをおっしゃいましたが、何とかお願いできませんか。あんな孝行者はいません。気立てもいいし、はたらきものだし、頭もよい。母親にもしものことがあったら、その先どうするのだろうかと、わたしは心配でございます」

「うむ。何をできるかわからぬが、考えなければならぬ」

「よろしくお願いいたします」

伊左次の店を出た清兵衛は、その足で船松町二丁目に住まう今村空庵の家に向かった。

おふみのことをあれこれ聞いたが、誰も悪くいう者はいない。そればかりかおふみに憐憫《れんびん》の情を寄せている。

歩きながら「能登屋」で会ったおふみの顔が脳裏に浮かぶ。苦労しているのに、そんなことを他人に感じさせない子である。

今村空庵の家は、同じ町内の者に聞くとすぐにわかった。熊本新田《しんでん》藩細川家上屋敷の東にある小さな一軒家だった。

名乗って訪《おとな》うと、空庵はすぐに座敷にあげてくれた。年は四十半ばだろうか。

鷲鼻で人を食ったようないかつい顔だった。およそ医者らしくない強面だ。

「おせい殿の……」

清兵衛がおふみの母親の病状を訊ねると、空庵は言葉を切ってまっすぐ見てきた。目つきも鋭い。

「そなたがおせいを診ていると聞いているのだが……」

「たしかにわたしの患者ですが、何故さようなことを。同じ町内のよしみということでしょうか？」

「それもあるが、あれこれ話を聞いておると、どうにも放っておけなくなったのだ。おせいにもしものことがあれば、おふみはこの先どうするのだろうかと、心配している者もいる。ここは面倒を見ている医者の話を、ちゃんと聞いておこうと思うのだ」

「すると桜木様は、おふみの父親代わりになられるおつもりでも……」

この問いに、清兵衛は一瞬言葉に詰まった。

「いや、それはどうなるかわからぬ。面倒を見てくれる者を捜すことはできようが……」

「さようですか」

　空庵は慈姑頭《くわいあたま》を片手で撫で、しばらく押し黙った。そばに薬研《やげん》や薬箱があり、壁際には薬簞笥が置かれていた。縁側から涼風が入ってきて、仕舞い忘れの風鈴が鳴った。

「直截に申せば、よくありません。わたしが初めて診たときには、もうひどくなっておりました。薬は出していますが、さて、その効き目のほどはわかりません」

「………」

「本復できるかどうか、それは本人の運もありましょう」

「運……」

　清兵衛は眉宇をひそめた。

「病態は思わしくありません。この頃は脈に乱れがあります。これが治まらなければ、衝心に陥るやもしれません」

「衝心……」

　心不全である。

「いまが山かもしれませんが……」

　空庵は表情を曇らせた。日に雲がかかったのか、障子がゆっくり翳り、家のなかが薄暗くなった。

「そんなに悪かったのか……」

「わたしも手は尽くしているつもりですが、いまの医道ではかぎりがあります」

空庵はそういって深いため息をついた。顔に似合わず人の好い医者のようだ。

六

おふみは屋敷内の廊下と座敷の雑巾掛けを終わったところだった。

「少し休んだらどうだい？」

台所に戻ると、源蔵《げんぞう》という中間が声をかけてきた。

「それじゃお茶を淹れましょうか」

おふみがいうと、源蔵は頼むといった。

「殿様のお帰りは夕方だ。それまでに飯を炊いておけば、あとはいいだろう」

源蔵が土間からの上がり口に腰を下ろしていう。

主の杉畑嘉兵衛はその朝早く出かけていたので、おふみが来たときにはその姿はなかった。嘉兵衛の妻・八重《やえ》も、おふみが挨拶をしたあとで出かけたので、いまは源蔵と二人だけだった。

「それにしてもおまえさんも大変だね。殿様から話を聞いたが、おっかさんの面倒を見ているらしいじゃないか」

「しかたありません」

おふみはそういって淹れたばかりの茶をわたした。

「おっかさんはいくつなんだい？」

「三十五です」

「まだ若いじゃねえか。早くよくなってもらわなきゃ困るな」

「ええ」

おふみは自分も茶を飲んでうなずいた。

「おとっつぁんはどうしたんだ？」

「わたしが七つのときに、流行病《はやりやまい》で死んだんです」

「そりゃあ気の毒な。おふみも大変だろうが、おっかさんも大変だな」

源蔵と話をするのはめずらしかった。普段は細々した屋敷の用をこなし、主の嘉兵衛が外出をするときには供をするのが常である。今日はもう一人の侍の奉公人だけが供をしていた。

「源蔵さんはいつまでこのお屋敷に仕えるのですか？」

そう聞くのは、源蔵が年季奉公だからだ。

「おれかい。決まりなら年が明けるまでだ」

「そのあとはどうするんです？」

「またどっかの殿様の屋敷で雇ってもらうしかねえだろうな。だけど、この家の殿様がお役に就かれたら、そのまま雇ってもらうことになっている」

「殿様はお役に就かれるのですか？」

「まだわからねえが、殿様はまだお若いからお役目をほしがられている。どんなお役になるのかわからねえが、そうなってくだされば おれも楽なんだが……」

おふみはぼんやりと台所の柱を眺めた。自分も雇いつづけてもらいたいと思う。でも、いつ暇を出されるかわからない。そのときのことを考えると、不安が胸の内に広がる。

「さあ、庭木の剪定《せんてい》でもやるか」

源蔵は茶を飲みほすと、そのまま庭に出て行った。

おふみは使った湯呑みを洗い、夕餉のための米を研いだ。飯炊きは夕餉分だけだが、掃除や洗濯などを、夕刻までこまめにこなさなければならなかった。

揉むように米を研ぎ、研ぎ汁を捨て、また丁寧に研ぐ。小さな体でギュッギュッと米を研ぐうちに、なぜか得もいわれぬ感情が胸の内に広がった。それは母親の病気に対する不安だった。

医者ははっきり治るとはいってくれない。よくなっているともいわない。嘘でもいいから、はっきり治るといってほしい。

おふみは薄々感じていることがある。母親の手や足のむくみは取れないばかりか、この頃は荒い息をするようになっている。そのときの母親はいかにも苦しそうで、食べたものをいまにも吐きそうになる。胸が苦しいということもある。

そんなとき、おふみは思ってはいけないことを思ってしまう。長くないのではないか。死んでしまうのではないかと。

（いやだいやだ、死んでほしくない。生きていてほしい。長生きしてほしい。おっかさんとずっといっしょにいたい）

いつしかおふみの両目から涙が落ちていた。着物の袖で涙を拭い、米を研ぎ終わると、竈にかけた。あとは七つ（午後四時）になったら火をくべて炊くだけだ。

前垂れで手を拭きながら玄関のほうを見た。殿様の帰りはいつだろうかと考えた。だが、会えたとしても口も利かずに頭を下げるだけだ。

しかし、主の嘉兵衛はときどきおふみを見ていることがある。庭仕事をしているとき、背後に気配を感じて振り返ると、縁側に嘉兵衛が立っていることがある。視線が合うと、おふみは黙って会釈をするが、嘉兵衛は何もなかったような顔ですうっと奥の間に消える。

台所仕事をしているときにも同じようなことがある。人の気配を感じてそちらに顔を向けると、嘉兵衛が座敷からおふみをじっと見てくる。何かものいいたげな様子だが、出しかけた言葉を呑み込むようにして視線を外される。

似たようなことは度々あるのだが、おふみは嘉兵衛と言葉を交わしたことはなかった。それに、嘉兵衛の前では緊張し、口が利けなくなる。自ら声をかけるなど恐れ多くてとてもできないのだ。

漬物樽に手を入れ、漬かり具合をたしかめ、糠味噌を混ぜる。野菜を切り、昆布の佃煮を作った。何もかも母のおせいから教わったのだった。

昆布の佃煮を作ったとき、奥様の八重から感心された。わたしにも教えてくれと請われたので教えると、

「あら、さほど手数がいらなかったのね」

と、驚き顔をされた。水に浸してから昆布を適当に切り、浸した水と醬油で煮るだけなのだ。昆布と大豆を煮てもうまい。

裏庭にある薪を台所に運び終わったときに、嘉兵衛の妻・八重が戻ってきた。

おふみは急いで濯ぎを持っていき、外出の労をねぎらった。

「おまえ様もご苦労だね。殿様はまだお戻りではないようだね」

「へえ、まだでございます」

そのまま濯ぎの小桶を持って下がろうとすると、八重に呼び止められた。

「ここへいらっしゃい」

八重は式台に立ったまま手招きをした。草履を脱いで近づくと、八重は一度庭仕事をしている源蔵を見てから、

「買い物をしてきたのだけれど、これを持ってお帰り。甘いものだけど、寝ている母様《かか》に食べさせておあげ」

「いつもありがとうございます」

おふみは両手をついて礼をいった。

「それから、これを。殿様にはないしょだよ」

八重は鼻紙に包んだものをおふみの帯に差し入れた。ときどきそうやってくれるのだ。

「この前もいただいたばかりです」

恐縮すると、八重は首を振って口許に柔らかい笑みを浮かべた。

「薬礼はお安くないはず。黙って持っておゆき」

「申しわけありません」

「さて、わたしは着替えをしますけれど、夕餉の支度はできたのかしら？」

「はい、あとは炊くだけでございます」

「ならば、もう帰っていいわ。あとは源蔵にまかせるから。おまえ様は母様のお世話があるでしょう」

「でも、殿様に叱られます」

「いらぬ心配。殿様にはわたしが話しますから大丈夫。でも、明日はまたお願いしますよ」

「はい。申しわけありません」

おふみはそれからしばらくして杉畑家を辞去した。帰りに伊左次の店に寄り、仮縫いの着物仕事をもらって家に帰ったが、長屋がなにやら騒がしい。それも自分の家の戸口前だ。

一人のおかみがおふみに気づくと、

「あんた、大変だよ」

と、こわばった顔を向けてきた。

七

「どうしたんです？」

と、聞くまでもなく、家のなかから母親を責める声が聞こえてきた。おふみは人をかき分けるようにして三和土に立った。とたん、上がり口に座っていたおけいという、大工・久一《きゅういち》の女房がキッとした顔を向けてきた。目を吊りあげて、興奮している。

「おふみちゃん、困るんだよね。このおっかさんを、何とかしてくれないかい」

「何とかって……」

おふみはおけいから、母親のおせいに目を向けた。夜具に横たわっているが、恨みがましそうな目で口を引き結んで、おけいをにらんでいた。

「あたしがちょいと留守をして帰ってくると、うちにこの人が寝転がっていたんだよ。厠か井戸端の帰りだと思うんだけどね。それはそれでいいけど、うちにあった財布がないんだ」

「わたしゃ盗んでなんかいないよ。人を泥棒猫みたいにいいやがって」

憤った顔でいったのはおせいだった。

「じゃあ、誰が盗んだんだい。ほんとうに猫が財布をくわえていったとでもいうのかい。あたしが家を出るときには、ちゃんと行灯の脇にあったんだよ。そのそばにあんたは寝ていた。そして、あたしがあんたをこの家に連れてきて帰ったら、財布がなかった。そういうことだよ。いいからおとなしく出しなよ」

「盗っちゃいないって、何度いえばわかるんだい。この狐目が」

おせいは気だるそうにしているが、口は達者だ。もっともその声に力はないが。

「ま、何てことを！　きーッ、この脚気女が！」

「待って、待ってください！」

おふみは、おけいが母親につかみかかりそうになったので抱くようにして止めた。

「おばさん、わたしがちゃんと話をしますから、どうか静かにしてください。あとでおばさんの家に行きますから、少し待っていてください」

おふみが平身低頭すると、おけいは細い狐目にあった怒りを抑え、ゆっくり立ちあがって出て行った。戸口にいた他の連中も、心配げな目でおふみを見て離れていった。

「おっかさん、おけいさんはああいっているけど、どうなの？」

おふみは居間にあがって、おせいの枕許に座り、掻い巻きをかけてやった。

「わたしゃ、盗んでなんかないよ。そんなことするわけないだろ」

「でも、どうしておけいさんの家にいたのよ？」

「自分の家だと思ったんだよ。ちょいと目眩《めまい》がしてわからなくなってね」

目眩がしたと聞いたおふみの心に不安の影がさした。

「おけいさんの財布は見ていないのね」

「気づきもしなかったよ。疑うんだったら、この家のなかを探してみればいいじゃないか」

おふみはため息をついて、おせいを眺めた。顔色は相変わらずよくない。掻い巻きから出ている腕は細いが、むくんでいる。その腕の肘のあたりに、血のにじんだ擦り傷があった。

「怪我をしているわ。転んだの？」

おふみはおせいの腕をつかんでから、箪笥のそばに置いてある膏薬に手を伸ばして塗ってやった。そのとき、おふみが押さえた手の指痕がおせいの腕に残っていた。

「厠に行くとき、つまずいたんだよ」

「気をつけなきゃね。それで、ほんとうにおけいさんの財布は知らないのね」

「何度いえばわかるんだい。あんたもしつこいよ」

おせいはぷいとむくれたように、顔を天井に向け、大きなため息をついた。そのまま、ハアハアと苦しそうに息をする。

おふみはしばらく様子を見て、それとなく狭い家のなかに視線を這わせた。おけいの財布らしきものはなかった。

「すみません、ご迷惑をおかけしまして……」

おふみはおけいの家を訪ねて、まずは謝った。

「それでどうなんだい？」

おけいは疑い深い目を向けてくる。狐目のきつい顔がさらにきつくなっていた。

「おっかさんは知らないといいます。家にも財布はありませんでした。それで、その財布にはいくら入っていたんでしょう？」

「二朱とちょっとだよ。細かい金は数えちゃいないから、そのぐらいさ」

「それじゃ、立て替えておきます。申しわけありません」

おふみは自分の財布から、三朱取り出して畳に滑らせた。おけいはそれを黙って見ていたが、ゆっくり自分のほうに引き寄せた。

「財布はもういらないさ。金が戻ってくれれば、それでいいんだから」

「ご迷惑をおかけしました」

「ほんと迷惑だよ。あたしがいない間にここに寝そべっていたんだよ。どうにかならないかね」

おけいは髷の後ろを掻きながら、おふみに冷たい視線を向けた。どうにかならないかといわれても、おふみにはどうすることもできない。

「迷惑をかけないように、おっかさんによくいっておきますから」

そういって頭を下げるしかない。

「頼むよ」

おけいの家を出たおふみは泣きたくなった。せっかくはたらいて貯めていた金が、あっさりなくなった。杉畑家の奥様からもらった金がなかったら、一文無しになるところだ。

「おふみちゃん」

家に戻ろうとしたとき、声をかけられた。

おふみに子守を頼んでいるおみねだった。

「あんたに頼んでいる子守だけどね、もういいわ。わたし、店をやめたのよ。明日からずっと家にいるから」

「はあ」

おふみは気の抜けたような返事をして、赤ん坊を背中におぶっているおみねを見た。彼女は白魚屋敷にある「浜屋」という一膳飯屋で、一日置きに仲居をしていた。仕事に出るときに、おふみは赤ん坊を夕方から預かり、わずかな小遣いをもらっていた。だが、その収入が途絶えた。

「おっかさん、いまご飯を作ってあげるから」

家に戻ると、夜具に横たわり天井を見ているおせいに声をかけて、流しの前に立った。

八

「そんなに悪いのですか」

清兵衛から話を聞いた安江は顔を曇らせた。夕餉の席で、清兵衛はゆっくり晩酌を楽しんでいるところだった。

「医者にかかったときには、すでに遅かったようなのだ」

「すると、永くないということでしょうか……」

安江はかたい表情で清兵衛を見る。

「医者ははっきりいわなかったが、どうもそのようだ」

安江はしばらく視線を泳がせてから、清兵衛に顔を戻した。

「何かわたしたちにできることはないでしょうか。もっとも見ず知らずの相手ではありますが、おふみちゃんのことを思うと可哀想でなりません」

「誰もがおふみのことを心配している。だからといって何ができるわけでもない」

「お医者を変えてみたらどうなんでしょう」

「それはどうかな。空庵という医者はなかなか熱心なようだ。それにいまの医道ではかぎりがあるといっていた。それにしても、何故おふみのことをそこまで気にかけるのだ？」

清兵衛は妻の顔をまっすぐ見た。

「わたしが娘のときです。近所に年下の女の子がいたのです。お京《きょう》ちゃんといったのですけれど、その子もおふみちゃんと同じように、親の苦労を背負っていました、内職の手伝いをしたり、近くの料理屋の下ばたらきをしていたのです。でも、無理がたたったのか、引いた風邪をこじらせてそのまま死んでしまいました。そのとき、わたしにも何かできることがあったのではないか、手伝っていればお京ちゃんは無理をしなくてすんだのではないかと胸を痛めました。わたしは、おふみちゃんを初めて見たとき、お京ちゃんの生まれ変わりではないかと思ったのです。だから、他人事とは思えないのです」

「さようなことであったか……」

清兵衛は手酌をした酒を、ゆっくり口許に運んでから言葉を足した。

「同情するのは誰にでもできる。また、手を差し伸べて何ができるかということを考えなければならぬし、相手に迷惑がられることもある」

「それは、そうでしょうが……」

安江は力なくいって、片づけにかかった。

清兵衛はその淋しそうな後ろ姿を見送ってから酒をほし、

(何かできることがあるのか？)

と、自問した。

翌朝のことであった。

おふみが水汲みを終えて台所に立ったとき、表に慌ただしい足音がしたと思ったら、

「おお、ここだ、この家だ」

という声と共に、二人の男が戸口の前に立った。おふみが目をしばたたいて、二人を見ると、

「おせいの家だな」

と、小太りの男がおふみを見て、居間に寝ているおせいに視線を向けた。もう一人はひょろっと背の高い男で、二人ともあまり目つきがよくなく、遊び人ふうの崩れた身なりだった。

「へえ」

「おめえが娘のおふみか。なるほど可愛い顔をしている。いい器量だ」

小太りは断りもなく敷居をまたぎ三和土に立った。

「何かご用でしょうか?」

「ご用も何もねえさ。そこに寝ているおせいは、『小福』という木挽町の料理屋

の仲居をしていたな」

「……はい」

おふみが目をしばたたいて返事をすると、寝ていたおせいが辛そうに半身を起こした。小太りはつづけた。

「おせい、おめえさん『小福』を贔屓にしていた貫五郎《かんごろう》さんを知っているな」

「へえ……」

おせいは熱っぽいような顔でうなずいた。

「おめえさんはその貫五郎さんに世話になっているはずだ。そうだな」

「よくしてくれるお得意さんでした」

「おめえさんが店をやめたのは半年前だ。丁度その頃、『小福』で楽しんだ貫五郎さんがそっくり持ち金を盗まれちまってな。それであれこれ調べてるうちに、おめえさんの名前が出てきたんだ」

「何をいってるんです?」

おせいは力なく小首をかしげる。

「貫五郎さんが盗まれた金は、切り餅二つだ」

小太りはじっとおせいを見る。切り餅は一分銀百枚を紙に包んだものをいう。

つまり、二十五両。二つで五十両である。

「おれたちゃ、その盗んだ下手人を捜してるんだが、どうやらおめえの仕業だったようだ」

「ちょ、ちょっと待ってください」

おふみは慌てて小太りを見た。

「おっかさんは人のものなんて盗んでいません。何かの間ちがいです。まして切り餅なんてそんなもの盗むはずがありません」

「証人がいるんだ。ありゃあおせいが持ち逃げをしたんだといった証人がな」

「まさか、そんなこと……」

おふみは目をみはって絶句した。

小太りはそのまま上がり口に腰を下ろすと、品定めするようにおふみを見、舌なめずりした唇を指先でなぞった。

「あれから半年だ。もう金なんぞねえだろう。ねえんだったらしかたねえ」

「ちょいとあんた、いい加減なことといわないでおくれ。わたしゃ、何も知らないわよ。そんな大金見たこともないし、触ったこともないんだから」

おせいはそういったあとで、激しく咳き込んだ。おふみは慌ててそばに行っておせいの背中をさすってやった。

「盗人はやっておきながら、やってねえというのが常だ。証人がいるんだ。しらばっくれるんじゃねえ！」

いきなりの怒鳴り声に、おふみは驚いた。その声を聞いた長屋の住人が、一人二人と戸口の前に集まってきた。

だが、小太りはおかまいなしに話をつづけた。

「おせい、番所に行って調べを受けるか、それとも盗んだ金をそっくり返すか、よく考えるんだ。十両盗めば、首が飛ぶことぐらいおめえさんも知ってるだろ」

小太りは手刀で首を切る真似をした。

「さあ、どうする？　金は使っちまってねえか。ねえならねえで、やり方はある」

小太りの目がおふみに向けられた。粘つくような視線だった。

「おせい、金がねえなら。その娘を預からせてもらうぜ」

「朝っぱらからいい加減なことを。寝言なら他へ行ってやっておくれ」

おふみを女手ひとつで育ててきたおせいは気丈である。だが、すぐに胸を押さえて苦しそうにした。

「寝言をいいに来たんじゃねえ！　嘗めたことというんだったら承知しねえぜ！　こちとらちゃんと証人がいるんだ！　あくまで白を切るってんだったら、その娘を預からせてもらう。文句はいわせねえ！　おい、国次《くにじ》」

小太りが顎をしゃくると、背の高い国次という男が三和土に入ってきて、そのまま居間にあがろうとした。おふみは怖ろしくなって身がまえた。

「待て待て」

それは突然の声だった。

「朝っぱらからいい迷惑ではないか」

言葉を足して姿を見せたのは、ひとりの侍だった。

九

「なんだい、あんたは？」

小太りが清兵衛を振り返った。剣呑《けんのん》な目でにらんでくるが、少し臆したようだ。

「わたしはこの二人の後見人だ」

清兵衛はおふみを見て、目顔でいい聞かせた。

意思が伝わったかどうかわからないが、おふみは息を呑んだ顔をしていた。おせいは苦しそうに胸を押さえている。

「後見人……」

「さようだ。話はわたしが聞く。ここでは長屋の者たちに迷惑だ。表に出ろ」

清兵衛は有無をいわせぬ態度で、顎をしゃくった。押しかけてきた二人は、互いの顔を見合わせて戸惑ったが、

「いいだろ」

と、小太りが承知して清兵衛のあとに従った。

清兵衛は人通りの少ない河岸道の外れで立ち止まって、ついてきた二人を振り返った。

「わたしは桜木清兵衛と申すが、おぬしの名は？」

小太りを見た。

「徳造《とくぞう》だ。侍だからって下手なことすりゃ承知しねえぜ」

「威勢がいいな。おぬしは国次というのだな」

清兵衛は背の高いほうを見てから言葉をついだ。

「おせいが金を盗んだといっておったな。そしてその証人もいると」

「ああ、そうだ。おれたちゃ、貫五郎さんに頼まれて下手人捜しをやってんだ。後見人か何か知らねえが、下手な口出しはやめてもらいてェな」

「貫五郎というのはどこの誰だ？　おせいが仲居をしていた店の得意客のようだが……」

「木挽町で汐留《しおどめ》の貫五郎っていやァ知らねえ者はいねえさ」

「ほう」

清兵衛は記憶の糸を手繰った。すぐにぴんと来た。

「貫五郎って鳶人足の頭をやっている男か。香具師《やし》のまとめ役もやっている。その貫五郎であるか」

「そうだ。知ってんじゃねえか」

「おせいが金を盗んだというのは、いつわかった？」

「昨日の夜だ。目をつけていた女中がいてな。そいつを締めあげたら、自分じゃねえ、おせいだとはっきりいったんだ。盗むところも見ていたとな。なにせ切り餅二つだ。小銭だったら貫五郎さんも、目をつむっただろうが、高が高だ。貫五郎さんでなくったって、腹の虫は治まらねえだろう」

徳造は怒らせた肩を揺すってにらんでくる。清兵衛はその朝剃ったばかりの顎をさすって短く考えた。証人がいるというのは不利だ。だが、おせいからも話を聞かなければ、先へ進まない。

「『小福』という料理屋の者たちも調べたのだな」

「あたりめえだ」

「御番所に届けは？」

「そんなことするわけねえだろう。木挽町の貫五郎さんだぜ。町方の世話になったんじゃ名折れじゃねえか」

すると、調べはこの二人が中心でやっているのだろう。

「おせいは重い病持ちだ。いきなり怒鳴り込まれたら体にさわる。まずはおせいから話を聞く。それからもう一度話し合うというのではどうだ」

「いつだ？」

「急いでいるようだから、半刻ほど待ってくれ」

「半刻ぐらいならかまわねえが、金が戻ってこねえようなら、おふみを借金の形に取るぜ。文句はいわせねえ」

「……半刻後に、おぬしらのいうところへ行く。どこへ行けばよい」

徳造は短く考えてから答えた。

「汐留橋のそばに、『相模屋』って船宿がある。その二階で待っている」

「わかった」

清兵衛は徳造と国次を見送ってから、おふみの長屋に戻った。さっきは長屋の住人が集まっていたが、騒ぎが収まったので井戸端に二人のおかみがいるだけだった。それにおふみの家の腰高障子は閉められていた。

「ごめん、先ほどの者だ。桜木というが、邪魔をする」

清兵衛が声をかけて戸を開けると、夜具に横たわっているおせいの枕許にいたおふみが顔を向けてきた。あわい障子越しの光を受けたその顔は、あどけなさを残しているが、しっかりした目をしていた。

「母御は大丈夫か？」

清兵衛は横になって天井を見ているおせいに視線を移した。

「あんなことがあったので、少し具合が悪くなったみたいです」

「話はできるか？」

おふみは一度おせいを見て、少しならと答えた。

清兵衛は雪駄を脱いで居間にあがった。

「わたしは同じ町内に住む桜木清兵衛と申す。あやしい者ではない。それにおふみ、そなたの評判も知っている」

おふみは驚いたように清兵衛を見た。

「いろいろ話を聞いて感心しておるのだ。今朝は早くに家を出て、ぶらぶらと歩いていたのだが、たまたま騒ぎに気づいたので口を出してしまった」

「いえ、おかげで助かりました」

おふみは丁寧に頭を下げる。

「あの者らは金を盗んだといっていたが、どうなのだ？」

「おっかさんがそんなことするわけありません」

おふみに合わせるように、おせいは寝たまま首を振った。

「切り餅が二つもあれば、わたしだって気づきます。でも、そんなお金は天地がひっくり返ってもこの家にはありません」

「おせい、そなたはどうなのだ？」

清兵衛はおせいを見下ろした。顔色が悪い。肌はかさつき、髪も艶をなくしている。上掛けの搔い巻きから膝下が出ているが、むくんでいるとわかる。

「出鱈目《でたらめ》です。わたしは人のお金に手をつけたことなどありません」

声は弱々しくかすれていた。

「貫五郎という客は知っているのだな」

おせいはうなずいた。

「『小福』のお得意さんです。いい人なんですけど、怒らせると怖い人だというのは知っていました。そんな人の金を盗むなんてできやしません」

そばからおふみも言葉を添えた。おせいが店をやめてから、医者への薬礼や家賃、その他のことで蓄えはあっという間になくなり、自分がはたらかないと暮らしていけなくなったと、切々と訴えるように話した。

二人の話に嘘は感じられない。それに、おふみの苦労は清兵衛もよく知っている。五十両の金を盗んでいるなら、こんな侘しい暮らしはしないはずだ。

「おふみ、今日は仕事はいかがするのだ？」

「そろそろ出かけなければなりません。昨夜縫った反物を届けなければなりませんし、御用聞きもあります」

「杉畑の殿様のお屋敷にも……」

おふみは目をまるくして、どうして知っているのだという顔をした。

「おまえさんの噂は聞いているのだ。感心な娘だと思っていた。それはともかく、さっきのことはわたしが何とかしよう。まかせてくれるか」

「おっかさんを罪人にはできません。お助けいただけるなら、このとおりお願いいたします」

おふみは泣きそうな顔で頭を下げた。

十

「相模屋」という船宿は、木挽町七丁目の外れ、汐留橋のそばにあった。戸口を入ると、女房らしい女が出てきた。

「桜木と申すが、徳造と国次という男がいると思うが……」

「二階にいます。お仲間ですか？」

太り肉の女はつぶらな目に警戒の色を浮かべた。

「そうではない、話し合いに来たのだ」

「気をつけてくださいよ。それに騒ぎはごめんです」

どうやら徳造と国次は迷惑がられているようだ。さもありなんである。

二階にあがると、座敷の隅で徳造と国次が茶を飲んでいた。だが、もう一人浪人らしい総髪の侍がいる。

清兵衛は三人のそばに行って腰を下ろした。浪人がにらむように見てくる。鼻《び》梁《りょう》が高く頰がこけ、切れ長の吊り目だ。

「こちらは……」

清兵衛は徳造に浪人のことを聞いた。

「熊坂平十郎《くまさかへいじゅうろう》さんだ。あんたが二本差しなら、こっちだって二本差しの侍にいてもらわなきゃ間尺が合わねえだろう」

「ふむ。まあよいだろう。それで、おせいに話を聞いたが、盗みはやっておらぬ」

「へへッ、そう来るだろうと思っていたよ。だけど桜木さんよ、証人がいるんですぜ。おせいがやったという証人がね。白を切ったって無駄なことだ。それに、金が盗まれて半年もたっている。大方、使い果たしてんだろうから、もうその金は戻ってこねえはずだ」

「証人は誰だ？　わたしも会って話を聞かなければ、ただのいい掛かりになる」

徳造は両眉を動かして顔をしかめた。

「おせいはやっていないといっているのだ。それなのに、その証人とやらがやったといっている、そうであるな」

徳造はぶ厚い唇をねじ曲げて、国次と熊坂平十郎を見た。

「勝手ないい分で罪人に仕立てあげられては道理が通らぬ。おぬしらのいう証人に会って話を聞かなければ、公平ではない。それともこの一件、お上に訴えてきちんと調べてもらうか。そのほうが面倒がなくてよいと思うが……」

「いらざること」

熊坂平十郎だった。清兵衛はさっと、平十郎を見た。

「後見人か何か知らぬが、これは汐留の貫五郎と、元仲居のおせいの話し合いですむことだ。大袈裟にすることではない」

「おせいにとっては大事だ。それに、貫五郎とおせいの話し合いといったが、ここに貫五郎はいないではないか」

「口達者なやつだ。だったらおせいもおらぬだろう。おれたちは汐留の貫五郎の名代だ」

「そういうなら、わたしはおせいの名代だ」

平十郎は頰をひくつかせ、眼光を鋭くした。清兵衛はその目をひたと見返した。

その場の空気が一瞬張り詰めた。

「おせいの仕業だといっている証人に会わせろ。話はそれからだ」

清兵衛は先に口を開いた。

　くっと、平十郎は苦々しい顔をして徳造を見た。

「会わせるのはやぶさかじゃねえが、すぐにってわけにはいかねえんだ」

　清兵衛はそういう徳造の顔を黙って眺めた。何か誤魔化そうとしている。そのとき、清兵衛は、こやつらには魂胆があるのだと感じた。

「ならばいつ会える？」

「そうだな……二、三日待ってもらうことになるかな」

　徳造は清兵衛の視線を外して答えた。

「おぬしらが証人だという女の名は？」

「およねだ」

「住まいは？」

「それが逃げちまったんだよ。捜しちゃいるんだが、こっちも手が足りなくてな」

　徳造は話を合わせろという顔で、国次を見た。

「話すだけ話して逃げたんだよ」

　国次が助け船を出すようにいった。

「逃げているならしかたあるまい。それで、およねはどこに住んでいたのだ？」

「松村町の又四郎店《またしろうだな》だよ。だが、おれたちが捕まえたとき、およねはその長屋にはいなかった。京橋を歩いているのを、たまたま見つけてひっ捕まえたんだ」

「それで締めあげて話を聞いたが、逃げられた。さようなことか」

「そうだ」

作り話なのか、ほんとうなのか、清兵衛には判断がつかなかった。

「だが、二、三日待てば、およねに会える。そうだな」

「大方見当はついているからな」

「では、三日待つことにしよう。それで、三日後どこで会える?」

「ここでいいさ。夕七つ（午後四時）にここで……」

清兵衛はそのまま席を立ち、階段に向かった。三人の視線が背中に突き刺さっていたが、そのまま一階へ下りて表に出た。

清兵衛にはある直感がはたらいていたが、まずはたしかめるべきことをたしかめようと足を進めた。行ったのはおせいが仲居として勤めていた「小福」という料理屋だった。

その店は木挽町一丁目にあった。間口は三間ほどだが、奥行きのある店で、客間になっている二階の窓は開け放してあった。表戸は閉まっていたが、声をかけて開けると、若い板前らしい男がいた。

　自分のことを名乗り、おせいのことを聞くと知っているという。

「半年ほど前にやめましたが、いまは江戸わずらいになって寝込んでいると聞いています」

「うむ、あまり思わしくないようだ。それで、およねという女もこの店にいたと聞いたのだが、知っているかね」

「知っています。丁度おせいさんと同じぐらいのときにやめていった女中です。女中や仲居の出入りは少なくありませんからね」

「汐留の貫五郎という客は知っているな」

「もちろんです。ずいぶん贔屓にしてもらっています。いっとき面倒なことになりましたが、さすが太っ腹なお頭で、水に流してもらいました」

「それは金を盗まれたという騒ぎだな」

「へえ、さようで。あのときは誰彼となく、疑ってかかられましたが、うちの旦那とよくよく話をされて、それまでどおりのお得意さんです」

「すると、盗まれた金の件は片がついたということだろうか？」

「さあ、わたしにはよくわかりませんが、きっとそうなんでしょう。何でも貫五郎さんのほうで始末をつけるという話になったようですから」

話を聞きやすい板前で、清兵衛は助かった。あらかたのことを聞くと、そのまま店を出て、今度は松村町の又四郎店に足を運んだ。徳造らがいう、およねが住んでいた長屋だ。

初老のおかみが厠から出てきたので、およねのことを聞くと、「小福」ではたらいていた女かと聞き返してきた。

「さようだ」

「だったらもういませんよ。半年ほど前だったかしら、夜逃げするように出ていったきりです。悪い男から逃げるためだったらしいですけど……」

そのおかみはその後のおよねのことを知らなかった。

長屋を出た清兵衛は、鳶の舞う高い空を眺めてからおせいの家に戻ることにした。

十一

おせいは横になっていたが、清兵衛が戻ってきたことを知ると、辛そうに半身

を起こし、

「先ほどはお助けいただきありがとうございました」

と、頭を下げた。

「無理はいかぬ。楽にしてくれ」

清兵衛はそういってから上がり口に腰を下ろした。

「正直なところ、具合はどうなのだ？」

おせいは、「へえ」とか細い声を漏らした。見るからに気だるそうである。

「このところ息苦しくなることが多いのです。食も進みませんし、この足が痺れていまして……」

おせいはそういって、自分の足を揉んだ。指痕がくっきりつき、それはしばらく元には戻らなかった。

「薬は飲んでいるのだろう？」

「飲んでいますが、効かないんです。だんだん悪くなっている気がして……」

「おふみのためにも、気をしっかり持たなければならぬな」

そういうと、おせいはぼんやりした目を向けてきた。痩せているのに、顔もむくんでいるとわかる。

「あの子がいなければ、わたしはとっくに死んでいたかもしれません。ですけれど、わたしが生きているばかりに、あの子に迷惑をかけ苦労をさせています。面倒を見てくれるのは嬉しくもあり、申しわけなくもあり、こうやって動けない体になった自分を呪いたくなります」

「そういう気持ちがあるなら、治してやろうと心を強くすることだ。病は気からともいうであろう」

「はい。あの、さっきの男たちは……」

「うむ。話しおうてみると、およねという女中がそなたが金を盗んだといったらしい」

「およね。あの、およねが……」

おせいは知っているらしく、悔しそうに唇を噛んだ。

「およねがたしかにそういったのかどうか、会って話を聞かせてもらうことになった」

「わたしは決して盗んでなどいませんし、貫五郎さんがそんなお金を持っていたことも知らないんです。きっと何かの間ちがいです。それとも、およねの思いちがいかもしれません。でも、桜木様はどうして……」

おせいは小首をかしげた。

「おふみは親思いの評判の娘だ。その噂を聞いておったし、今朝はたまたまそばを通りがかって騒ぎを知り、黙っておれなくなった。同じ近所のよしみでもある。この件、何とかするから、心配せず養生に努めてくれ」

「ありがとう存じます」

おせいは目の縁に涙を浮かべて頭を下げ、

「捨てる神あれば拾う神ありというのは、ほんとうなのですね」

というなり、つーっと頬に涙を伝わせた。

清兵衛はまた来るといい置いて、おせいの長屋を出て自宅に帰った。

「あなた様、あなた様」

玄関に入るなり、安江が奥から慌てたようにやってきた。

「いかがした？」

「おふみちゃんの母御によい薬が見つかったのです」

「薬……」

「近所で脚気の話をしておりますと、正木町にいい医者がいると聞いたのです。それで、買い物のついでに訪ねて相談をしてみたのです。酒井《さかい》青甫《せいほ》とおっしゃるお医者で、長崎で修業なさった方です。長崎には西洋の方がたくさんいらっしゃるのですが、誰一人脚気にかからないそうなのです。それは向こうの方が、米ではなく麦で作られた『ぱん』というものを主に食べられるからだそうなのです。そのお医者は麦飯を食べさせるようにしろとおっしゃり、ニンニクを使った薬をくださいました。ニンニクは滋養があり、弱った体によく効くそうなのです」

安江は一気にまくし立て、ニンニクの薬はこれだと、いくつもの紙包みを膝許に置いた。

「この薬が……」

「そうです。わたし持って行ってあげようかしら」

安江はそういいながら尻をあげようとする。

「待て待て、じつは今朝ちょっとしたことがあったのだ」

清兵衛はおふみの長屋近くへ行ってから、そこで起きたことの顛末を手短に話してやった。

「ま、なんということ……」

安江は驚き顔に少し怒気を含ませた。

「相手は鳶職人だが、香具師の元締めもやっている貫五郎という男だ。わしも知っている男だ。だが、あの手下には何やら魂胆があるようだ」

清兵衛は庭に目をやり、ふらふら飛んでいる蜻蛉《とんぼ》を短く眺めた。

「魂胆……」

「うむ、わしの勘が外れておればよいが、気になる」

「どういうことです？」

安江は心配げな顔で膝を詰めてくる。

「はっきりといえることではないが、様子を見なければならぬ」

清兵衛はそういってから、言葉を足した。

「この薬が効くかどうかわからぬが、医者がいっているのだから間違いはないだろう。持って行っておやり。わしのことは、もうおせいも知っているので、突然そなたが行っても怪しまれることはなかろう」

「はい、麦も持って行きましょう。ついでに炊いてあげます。それで、おせいさんはどんな様子なのです？」

「会えばわかると思うが、あまりよくないようだ。そうはいっても治ってもらわなければ、おふみも可哀想だ」

「それはそうです。では、わたし、これから早速」

安江はそういって立ちあがったが、

「あ、麦飯はうちで炊いていけばよいのだわ」

と、はたと気づいた顔になった。

十二

清兵衛が家を出たのは、晴れた空に雲が広がりはじめた八ツ半（午後三時）頃であった。

まず酒屋の「能登屋」に行って、おふみのその朝の様子を聞いたが、普段と変わらなかったと、主の久万吉はいい、とにかく手放しでおふみを褒める。

どうやら、おふみはその朝大変なことがあったことを話していないようだ。幼いながらも他人に余計な心配をかけまいとの思いやりであろう。

つぎに仕立屋の伊左次を訪ねると、やはり、おふみはいつもと変わらなかったといった。今朝も頼んだ仕事をちゃんと仕上げて持ってきたと感心する。

「ですが、あの子寝てるんでしょうかね。それが心配です。なにせ床に臥せっているおっかさんの面倒を見ているんですからね。毎日夜なべしてるんじゃないかと……」

伊左次は少し顔を曇らせた。

「朝から晩まで気の抜けない毎日のようだからな。その分、手間賃をはずんでやったらどうだ」

「へえ、そのことは追々考えているんです。下手な弟子を取るより、よっぽどいいというのがわかりましたから」

伊左次はそういって苦笑いをする。

清兵衛は淹れてもらった茶を飲んでから杉畑家に足を運んだ。

門はきっちり閉まっており、屋敷もしんと静まっている。傾きはじめた日が屋根を滑り落ち、歩く人の影を長くしていた。

清兵衛は杉畑家の表門を見張れる長沢町の茶屋に居座って、おふみの帰りを待った。雲が多くなったせいか、日の暮れが早く感じられる。町屋も雲のせいで、あかるくなったり薄暗くなったりを繰り返した。変わらないのは蜩の声だけである。

その日、おふみの帰りは遅いように思われた。こういう日があるのかどうか知らないが、曇った空のせいで辺りがようようと暗くなった七つ（午後四時）をまわった頃に、おふみが表に姿をあらわした。

武家奉公をしている身なので麻の葉鹿の子の単衣を着たおふみは、一見、良家の娘のようだ。すたすたと急ぐように歩くのは、おそらく母親のことが頭にあるからだろう。

手に風呂敷包みを持っていたが、伊左次から注文を受けた縫い物ではないはずだった。

清兵衛は十分な距離を取って、おふみのあとを尾けた。長沢町の町屋を抜けると、中ノ橋をわたり、そのまま伊左次の店を訪ねた。

清兵衛は商家の軒下に立ち、周囲に警戒の目を配りながら、伊左次の店にも注意の目を向ける。再びおふみが表に出てくるまで、小半刻もたたなかった。それでも夕靄が濃く感じられ、普段より町は暗かった。

清兵衛は雨が降るのかもしれぬと思い、曇った空を見あげるが、雨雲ではなかった。

伊左次の店を出たおふみは風呂敷包みを二つ持っている。ひとつは伊左次の仕事だろうが、もうひとつは杉畑家でもらい物をしたのかもしれない。

南八丁堀五丁目を過ぎ、本湊町に入る。知り合いと擦れちがうとき、おふみは軽く会釈をしていた。

清兵衛は予感が外れることを心中で願いながら、さらに距離を取ってあとを尾ける。おふみは湊河岸につながる横町に入った。河岸道に出てしばらく行ったところにおふみの長屋はある。

町屋の角を曲がり、河岸道に出たところでおふみの姿が消えた。清兵衛は慌てずにそのまま河岸道に出た。立ち止まったのはすぐだ。目をみはってあたりに視線を配る。

おふみの姿がどこにもないのだ。まさか、角を曲がって走って自分の長屋に戻ったとは思えない。

清兵衛は用心深く足を進めた。と、風呂敷包みが河岸場のそばに落ちていた。おふみが持っていた風呂敷包みのひとつかもしれない。舟の舫《もや》われている河岸場に目を向けると、一方の舟のそばに人の動く影があった。

清兵衛はハッとなって目を凝らした。やはり、そうであった。おふみが二人の男に口を塞がれ、舫ってある舟に乗せられようとしている。

清兵衛は石積みで護岸されている河岸道から、舟を舫ってある岸辺に駆け下りた。

「きさまら、何をしておる！」

大声を発すると、おふみを攫おうとしている二人の男が動きを止めた。暗くて表情はよくわからないが驚いたように見てくる。

清兵衛は足速に近づくと、

「やはり、そうであったか」

と、徳造と国次をにらんだ。

おふみは背の高い国次に背後から口を塞がれていた。恐怖した目が清兵衛を見て助けを求めている。

「熊坂さん、邪魔が入った！」

徳造が背後に声をかけると同時に、暗がりから熊坂平十郎が姿を見せた。その姿は黒い影となっていたが、右手に持った刀が鈍い光を放っていた。

「やはり、きさまらは、端からおふみを手に入れるために因縁をつけに来たのだな」

「熊坂さん、斬っちまうんだ」

清兵衛の言葉を遮って徳造が喚いた。

とたん、平十郎が斬りかかってきた。右八相からの袈裟懸けである。清兵衛は体をひねりながら右足を踏み込み、抜き様の一刀で平十郎の刀を撥ねあげた。キーンという音が耳朶《じだ》をたたいたとき、平十郎は一間ほど下がって平青眼に構え直していた。

清兵衛は中段に刀を保って、間合いを詰めた。平十郎の吊りあがった切れ長の双眸《そうぼう》が、薄闇のなかに光っている。

清兵衛はじりじりと間合いを詰めた。平十郎は誘いかけるように、左脇を開ける。

（見え透いたことを）

清兵衛はさらに詰めた。間合い一間半、清兵衛の小鬢《こびん》の後れ毛が揺れ、着流しの裾が風にめくれた。

「来いッ！」

平十郎が誘いをかける。清兵衛は柄を持つ指に力を入れて抜いた。すうっと息を吐き、即座に平十郎の胸を狙って突きを送り込んだ。

平十郎は一尺ほど下がってかわすなり、右上段から斬り下げるように刀を振ってきた。転瞬、清兵衛は右にまわり込みながら、平十郎の脇腹に柄頭をめり込ませた。

「ぶふぉッ」

虚をつかれた平十郎の体が折れる。そのとき清兵衛は背後にまわり込んでおり、そのまま首の付け根にもう一度柄頭をたたきつけた。

平十郎は小さなうめきを漏らしただけで、うつ伏せに倒れた。

「徳造、国次。おふみを返すんだ。おふみを放せ」

清兵衛はさっと、二人に刀の切っ先を向けた。おふみを捕まえている国次が、ヒッと息を呑むような声を漏らして下がった。

「国次、おふみを舟に乗せるんだ。おれが何とかする」

そういった徳造は、腰に差していた匕首《あいくち》を抜いて、清兵衛に斬りかかってきた。

「愚かなことを……」

清兵衛は吐き捨てるなり、徳造の右腕をつかみ取り、そのままひねって桟橋にたたきつけた。

「うぐぅ……」

徳造はうめきを漏らして、すぐ起きあがろうとしたが、その前に清兵衛は柄頭で徳造の顎を打ち砕いた。血の筋が薄闇に飛び散り、徳造の顎があらぬほうを向いたと思ったら、そのまま気を失って倒れた。

清兵衛はそのままおふみを捕まえている国次に迫った。

「く、来るんじゃねえ。来たら、おふみがどうなるかわからねえぜ」

国次がおふみの首に匕首を突きつけていた。

おふみは泣きそうな顔で体をふるわせ、目をつぶっている。

清兵衛は恐れずに前に出る。吹きつけてくる風が、着物の裾を翻し、舫われている舟にぶつかる波がピチャピチャと音を立てた。

「来るな、来るなといってんだ！」

国次が喚いたとき、清兵衛は国次の右腕を素速く斬った。

「うッ……」

国次はうめきを漏らして、匕首を落とした。とっさに、おふみが国次を振り払って、清兵衛のそばに来た。

「待っておれ」

おふみにいい置いて、清兵衛は斬られた腕を押さえて逃げようとする国次に迫ると、肩口を強く払い斬るようにたたいた。棟撃ちである。

国次は目を白黒させながら、その場にくずおれた。

ふっと息を吐いておふみを振り返ると、

「大丈夫か？　怪我はないか？」

おふみは声もなく、大丈夫だというようにうなずいた。

「もう心配はいらぬ。だが、少し待っておれ」

清兵衛はそういうと、気を失っている徳造の首根っこをつかんで座らせると、背中に膝をあてがって活を入れた。

「うっ」と、小さなうめきを漏らして、徳造が意識を取り戻し、驚き顔で清兵衛を見た。

十三

「大方こういう魂胆ではなかろうかと思っていたが、愚かなことをしおって」

清兵衛は徳造の襟を強くつかんでにらむ。徳造は鼻血をたらし、顎のあたりを腫らしていた。

「おふみを攫おうとしたのは、きさまの考えか、それとも貫五郎の指図か？　どっちだ？」

「…………」

「いわぬか。いわぬなら、きさまらは牢送りだ。このまま無事にすむと思うな」

「い、いえば、ど、どうなる？」

徳造はすっかり毒気を抜かれ、怯えていた。

「正直に話せば、悪いようにはせぬ。貫五郎の指図でやったのか？」

「ち、ちがう」

清兵衛は眉宇をひそめた。

「おれたちゃお頭の金を盗んだおよねを捜していたが、どこをどう捜しても見つからねえ。お頭がそのことに腹を立てなすって、この半年ただ飯を食わせて大損をした、およねが見つからなきゃ、盗まれた金を作ってこいといわれたんだ。それで……」

「それで、おせいに因縁をつけて、借金の形代わりにおふみを預かって金にしようと考えた。そういうことか」

「ま、そんなとこだ」

「この外郎めッ」

清兵衛は吐き捨てるなり、徳造の鳩尾《みぞおち》に拳をめり込ませた。

それから近くの漁師舟にある荒縄を拝借して、三人をがんじがらめに縛りつけ、徳造たちが使おうとしていた舟に放り込んだ。

「怖い思いをさせたな」

一仕事終えた清兵衛は、おふみに声をかけ、肩をやさしく押して河岸道にあがった。あたりはすっかり暗くなっていた。

「さっきのこと、おせいには黙っておけ。余計な心配をさせることになる」

「は、はい」

返事をするおふみは、いまだ恐怖が消え去っていないのか、声をふるわせていた。

「そうだ、落とし物……」

清兵衛は一方に行って、風呂敷包みを拾った。その近くにはもうひとつ同じ風呂敷包みがあった。

「おふみ、おまえのではないか」

「そうです」

「誰かに拾われなくてよかった。さ、送って行こう」

清兵衛はそのままおふみを長屋の木戸口まで送って行き、

「わたしはまだ用があるのでここで失礼するが、大丈夫だな。もう心配はいらぬな」

「は、はい。ありがとうございます。でも、桜木様はどこへ……」

「そんなことは気にせずともよい。それよりいつもより遅くなったのではないか。おせいが待っているはずだ。さ、行きなさい」

おふみは二度三度頭を下げ、長屋に入っていった。

それを見送った清兵衛は、すっと二本の指で襟を正して歩きだした。

築地の武家地を抜け木挽町に出た。すでに夜の帳《とばり》は下りており、提灯や料理屋の軒行灯が闇のなかに浮かんでいる。夜空には星も月も見えなかった。

清兵衛は木挽橋をわたると、そのまま芝口金六町《きんろくちょう》に入った。汐留の貫五郎はその町に住んでいるはずだった。清兵衛の与力時代にはそうであった。家移りしていれば探すだけのことだ。木挽町界隈では名の知れた男である。居場所はすぐにわかる。

しかし、探すまでもなかった。貫五郎は以前と同じ家に住んでいた。

戸口に立って声をかけると、若い男が出てきた。腹掛け半纏に股引という鳶人足のなりだ。

「桜木と申す。貫五郎に折り入って話がある。いるか？」

ぞんざいにいうと、若い男は少し目を険しくして、

「ちょいとお待ちを。桜木さんでしたね」

清兵衛はそのまま待った。近くの座敷で小さなやり取りをするのが聞こえ、さっきの男が戻ってきた。入ってくれといって、案内をする。

貫五郎は小座敷で酒を飲んでいた。座敷の隅には若い衆が二人。やはり、人足だ。

「いったい何のご用でしょう？」

貫五郎は目を細めて聞いてくる。

どうやら清兵衛のことを覚えていないようだ。最後に会ったのは五年ほど前だから無理もない。それも、香具師同士の喧嘩の仲裁に入っただけだ。貫五郎と話をして内済ですましている。

「おぬしの手下に徳造と国次という者がいるな」

「……いますが、やつらが何か？　まあ、おあがりください」

清兵衛はそばに行って腰を下ろした。貫五郎はちょいと首をかしげたが、やはり覚えていないようだ。五年前に比べると、肉付きがよくなり貫禄が出ていた。記憶がたしかであれば五十歳になっているはずだ。鳶職の傍ら、木挽町界隈の香具師の元締めをやっているので、眼光は鋭い。

「もう一人、熊坂平十郎という浪人もおぬしの雇い人か？」

「桜木さんとやら、いったいどういうことです。いきなりやってきて、あっしの手下のことをなぜお訊ねなさる」

「おい、貫五郎、おれのことを忘れたか」

清兵衛は貫五郎を凝視する。貫五郎も見返してくる。いまの清兵衛は一目で与力とわかる身なりではない。それに髷も小銀杏から普通の髷に直している。

「はて、どこかでお会いしましたか……」

貫五郎は煙管をつかんでゆっくり刻みを詰めた。控えていた若い衆が動いて、煙草盆を貫五郎のそばに置く。

「ならば、話をする。おぬし、半年ほど前に木挽町の『小福』で金を盗まれたな」

さっと貫五郎の顔があがった。清兵衛はつづける。

「『小福』で一騒動あったようだが、おぬしは盗んだ下手人を内々で捜すことにした。その手先が徳造と国次、そして熊坂平十郎だった。だが、その三人は下手人を見つけることができなかった。業を煮やしたおぬしは、盗まれた切り餅二つ分、つまり五十両を三人に拵えてこいと指図した」

「………」

貫五郎は煙管に刻みを詰めたまま清兵衛を見る。

「されど、五十両という大金など易々と作れるものではない。ところが、三人は悪知恵をめぐらし、同じ『小福』に勤めていたおせいという仲居の娘に目をつけた。おせいが店をやめたのも丁度半年ほど前だった。おまけにその娘は器量よしだ。うまくすれば金になる。徳造らは女衒《ぜげん》よろしく、おせいの娘・おふみを借金の形としてもらおうと企んだ。だが、そのことにわしが気づいた」

「桜木さん、あんた、おれに因縁をつけに来たのか。おれのことを知ってのことだと思うが、いい加減なことをいうなら黙っちゃいねえぜ」

貫五郎はにらみを利かせた。控えている若い衆も気色ばんだ。だが、清兵衛は落ち着いていた。貫五郎は香具師の親分でもあるが、やくざではない。

「『小福』にいたおせいは知っているな」

「ああ知ってまさあ。あの店はあっしが贔屓にしてますからね。だけど、徳造らが借金の形というのはなんだい？　盗まれたあっしの金のことですかい？」

「そうだ。徳造はおよねという『小福』の女中が、金を盗んだとにらんでいた。そして見つけたか、逃がしたかわからぬが、金を取り戻すことはできなかった。そこで悪知恵をはたらかせ、おせいが盗んだことにして、娘のおふみをもらい受け、苦界に沈めて金にしようと企んだ。大方そんなことだろうが、しくじった」

「桜木さん、いったいあんた……」

　貫五郎が凝視してくる。

「貫五郎、思い出せねえか」

　清兵衛は伝法な口調になって見つめ返した。

「五年ほど前だったか、おぬしの使っている若い衆が木挽町の祭りの日に、大喧嘩をして騒ぎになった。さいわい大した怪我人は出なかったが、なかなか収まりはつかなかった。そこでおれが出ていって、おぬしと話をして内済で終わらせたことがあった」

　貫五郎の目がくわっと見開かれた。

「もしや」

　といって、短く絶句し、

「桜木とおっしゃると、北御番所の……風烈の桜木の旦那ですか。いや、そうだ。こりゃとんだ失礼をいたしやした」

　貫五郎は崩していた膝を揃え、一膝退がって頭を下げた。

「思い出せねえのも無理はねえ。もう五年も前だ。それにわしは隠居をして、こういうなりだ。ま、それはよいとして、徳造らにおふみを攫うよう指図はしておらぬな」

「旦那、あっしゃそんな汚え真似はしません。たしかにやつらに金を盗んだやつを捜すように指図はしていますが、いっこうに役立たずで腹を立ててんです。ですが、やつらは企みをしくじったとおっしゃいましたが……」

「湊河岸の舟のなかで眠っている。行けばすぐ見つけられるだろう。だが、二度とおせいとおふみに迷惑をかけねえよう、しっかり灸を据えてもらいてえ」

「へえ、そりゃもう」

「おぬしが指図していないとわかり、よかった。とにかくさようなことだ」

「わざわざ、そりゃどうもご厄介をおかけしやした」

来たときとはちがい、貫五郎は掌を返したように平身低頭し、

「しかし旦那、隠居されてるとおっしゃいましたね。なぜ、こんなことを……」

「差し出がましいことをしていると思っているのであろうが、人を貶《おとし》める輩を知っては黙っておれぬ。信義を重んずるのが武士の心得。わしの流儀だ。では、頼んだ」

そのまま貫五郎の家を出た清兵衛は、ふっと、吐息を漏らし、

「ひとまず落着だな」

と、独りごちた。

十四

恐怖を味わったおふみだが、清兵衛の助けがあり、数日もすると普段の元気と明るさを取り戻していた。

おせいの容態は変わることはなかったが、おふみは「能登屋」の御用聞きが終わると、杉畑家に通い、帰りに伊左次から縫い物仕事をもらって家に帰っていた。

清兵衛は徳造らの一件があって以来、道でおふみと会えば言葉を交わし、またときどきおせいの様子を見に行ったりもした。

安江も顔見知りになり、せっせと麦飯を炊いてはおせいに届け、暇を見ては介抱をするようになった。

その日は、朝早くから小雨がぱらつき、地面がしっとり濡れていた。

朝餉を終えた清兵衛は、傘を差して湊町の通りに出て、町屋を何気なく眺めていた。この程度の雨ならと思い、暗い空を見あげる。霧雨である。

家にいてもやることがないので、ふらりと町歩きをするのが日課だが、雨だとどうしても二の足を踏んでしまう。家で静かに本でも読んでいようと戻りかけたとき、通りの先におふみがあらわれた。

清兵衛は立ち止まって待った。おふみは傘を差してはいるが、うなだれて歩いてくる。近くまで来ると、清兵衛に気づいて立ち止まった。真っ赤に目を腫らし、泣いている。

「どうしたのだ？」

清兵衛が訊ねると、おふみは一度口を引き結んでから、

「……おっかさんが、おっかさんが……」

というなり、肩をふるわせて嗚咽した。

「おせいがどうかしたか？」

いやな予感がした。

「おっかさん、死んじゃった」

おふみはそのままうなだれて、おいおいと泣く。清兵衛は言葉をなくしておふみに近づくと、その小さな肩を抱いてやった。

「いつだ？」

「さっき。朝も起きなかったの。それで、奥様の麦飯を温めて、枕許に持って行

ったら……息がなかった」

おふみは声をふるわせてまた泣いた。

「どうして出てきたのだ？」

「だって、『能登屋』さんと殿様の家に、奉公できないことを伝えなきゃならないから……」

清兵衛は大きなため息をついた。母親が死んだのに、奉公先に断りを入れようとしているのだ。なんと感心な子だろうかと思わずにはいられない。

清兵衛は悲しみでいっぱいであろうおふみの前にしゃがんで、

「おふみ、おまえさんは家に帰っていなさい。母御のそばについていてあげなさい。わたしが代わりに断りを入れに行ってくる」

おふみは涙でいっぱいの目で見てきた。清兵衛は肩をやさしくたたき、わたしにまかせろ、おまえは帰っていろと諭した。おふみはようやく納得して、お辞儀をするとそのまま来た道を引き返した。

「安江、安江、大変だ」

家に戻るなり、清兵衛は奥に声を張った。

「いかがなさいました？」

前垂れで手を拭きながら安江がやってきた。

「おせいが、死んだそうだ」

「えッ……」

「いま、おふみから聞いたばかりだ。感心にも奉公先に断りを入れに行くところだった。わたしがその代わりに行ってくるのだが、そなたはおふみの長屋へ行って手伝いをしてくれないか」

「もちろんですが、そんな……もう少し長生きできると思っていたのに……」

「とにかくわたしは出かけてくる」

清兵衛はそのまま家を出ると、『能登屋』へ行き、そして伊左次にもおせいの死を伝えた。杉畑家では少し待たされたが、出てきた中間に事情を話して納得してもらった。

清兵衛がその足でおふみの長屋へ行くと、家主と町名主らが来ており、長屋の連中と何やら話し込んでいた。

清兵衛は神妙な顔でおふみの家を訪ね、白布をかけてあるおせいを眺めた。安江がそばに来て、

「家主さんがお坊様を呼んで、とりあえずお経をあげてもらうことになりました。

葬式は家主さんと町名主が相談してやるそうです」

「さようか……」

清兵衛は、おせいの枕許に座って、泣きつづけているおふみを見守るように眺めた。

（これからどうするのだ？　わしに何かできることがあるのか……）

清兵衛は自問するが、すぐに答えは浮かんでこない。

その夜、長屋の者だけで簡単な通夜が営まれ、翌朝、おせいの野辺送りが行われた。

清兵衛は野辺送りにはついていかなかったが、おふみを一人にしておけないからと安江が代わりについていってくれた。

悲しいことがあったというのに、秋の空は憎らしいほど高く晴れわたっていた。


母親の野辺送りが終わった翌朝、おふみはいつものように長屋を出た。悲しみはいまだ癒えず、昨夜もずっと泣いて過ごした。

悲しくて悲しくて、胸が苦しかった。人はこんなに簡単に死ぬんだと思いもした。おっかさんに帰ってきてほしいと思うが、それは儚《はかな》い望みだというのはわかっている。

これからどうやって生きていけばいいのだろうかと考えるが、何もわからなかった。母親のために一心にはたらいてきたが、いまは虚しさだけしかなかった。

「能登屋」と伊左次の家に行って、香典の礼をいい、その足で杉畑家に向かった。

「能登屋」の旦那も伊左次も、慰めてくれ、これから先のことを心配してくれた。

殿様の家の挨拶がすんだら、桜木様にも礼をいいに行かなければならない。おふみは律儀な思いを抱いて、杉畑家に入った。

中間の源蔵も奥様の八重もおふみの不幸を知っており、悔やみの言葉を述べてくれた。

「殿様にもお礼を申さなければなりません」

八重にそういったとき、当主の嘉兵衛が座敷にあらわれ、

「おふみ、これへ」

と、奥の間にいざなった。声をかけられたのは初めてである。ひょっとすると、暇を出されるのかもしれないという不安が胸をかすめた。

おずおずと奥座敷に行って腰を下ろすと、

「もそっと、これへ」

と、近くへいざなわれた。おふみは恐る恐る近づいて頭を下げた。

「母御が身罷《みまか》られたそうだな」

「はい」

おふみは泣きそうな声を漏らした。

「悲しいだろうが、人はいつか死ぬ。また悲しみはいずれ癒える」

「……はい」

「つらかろうが、早く元気を出せ」

やさしい言葉をかけられたおふみは胸が熱くなった。殿様は怖い人だと思っていたが、そうではなかった。

「おふみ、そなたに相談があるのだ。いや、これはわたしからの頼みである。聞いてくれるかどうか、それはそなた次第じゃ」

おふみは目をしばたたいて、嘉兵衛を見た。色が白くて理知的な目をしていた。

「そなたはよくやってくれる。わたしはずっとそなたのことを見ていた。感心な子が来たと思っておった。相談とは、この屋敷に来てくれないかということだ」

「………」

おふみは目をみはった。よく話が呑み込めない。

「畢竟《ひっきょう》、当家の養子にしたいということだ。わたしには子がない。そなたなら申し分ない。いずれ婿を取り、その婿に杉畑家を継いでもらいたいのだ」

おふみは信じられなかった。まさかそんなことをいわれるとは、思いもしないことだった。

（自分が殿様の家の子になる……）

「おふみ、相談とはさようなことだ。どうじゃ、呑んでくれぬか。わたしは運良くお役がついた。これより忙しくなるが、跡継ぎは是が非でも見つけなければならぬのだ。おふみ、そなたへの頼みである。聞いてくれぬか」

おふみは頭が真っ白になっていた。どう答えていいかわからなかった。だが、一度二度とつばを呑み込むと、一膝退がって両手をつき、

「よろしくお願いいたします」

と、いって深々と頭を下げた。

十五

清兵衛はその日の昼前に、礼をいいに来たおふみの口から、杉畑家の養子にな

ることを伝えられ、

「ほう、それはよかった。なによりだった」

と、心の底から嬉しがった。

「ほんとうにそれはようございました。おふみちゃん、じつはうちでもらおうかと話していたのですよ。でも、殿様の家なら安心です。それにあなたはいずれ、立派なお武家の奥様になるのですもの」

「わたし、何もわかりませんけど、お世話になろうと決めました」

おふみは鈴を張ったような目に、薄い涙の膜を張って答えた。

「よかった、ほんとうによかった。身罷った母御も、これで安心されるであろう」

「ええ、ほんとうに……」

安江は心底安堵したのか、目の縁に浮かんだ涙を手拭いで拭った。

翌日、おふみの長屋の家に、杉畑家の者が来て片づけ、そして、午後には迎えの使者がおふみを訪ねてきた。召し物は普段どおりだが、おふみは楚々と使者のあとに従って長屋を出た。

長屋の連中は花嫁を見送るような顔で、表へ出て、口々におふみに声をかけた。

「よかったね」

「幸せになってね」

おかみ連中がいえば、

「おふみちゃん、浮かばれたな」

「おふみ、おれたちのこと忘れるんじゃねえよ」

などという亭主らもいた。

清兵衛と安江は湊町の通りでおふみを待っていた。二人の使者がおふみを先導していた。そして、町の途中まで来たとき、中間を連れた杉畑嘉兵衛があらわれ、おふみを見て無言でうなずくと、そのまま屋敷のほうへ歩きだした。

いま、おふみは当主の嘉兵衛と中間、そして二人の使者に守られて杉畑家へ向かっていた。

だが、そのおふみが足を止めた。清兵衛と安江に気づいたからだ。

清兵衛は感無量の顔でうなずいた。おふみが一礼する。

「どうかお幸せに……」

安江が声を詰まらせながら声をかけた。おふみはその澄んだ瞳にみるみると涙を湛《たた》え、

「ありがとうございます」

と、深々と礼をした。

そのとき清兵衛も安江も、おふみの懐にあるものに気づいた。母親の位牌である。清兵衛はどこまでもいたいけな子だと、あらためて心を打たれ胸を熱くした。

「さあ」

と、一行の中間に声をかけられたおふみは、再び歩きだした。

清兵衛と安江は、その姿が角を曲がって見えなくなるまで見送っていた。

「よかった」

清兵衛はつぶやいて、きれいに晴れわたっている空をあおぎ見た。

「ええ、ほんにようございました」

安江も清兵衛に倣うように空を見た。

文春文庫

武士《ぶし》の流儀《りゅうぎ》（四）

定価はカバーに
表示してあります

2020年10月10日　第1刷

著　者　稲《いな》葉《ば》稔《みのる》

発行者　花田朋子

発行所　株式会社 文藝春秋

東京都千代田区紀尾井町 3-23　〒102-8008
TEL　03・3265・1211(代)
文藝春秋ホームページ　http://www.bunshun.co.jp

落丁、乱丁本は、お手数ですが小社製作部宛お送り下さい。送料小社負担でお取替致します。

印刷製本・大日本印刷

Printed in Japan
ISBN978-4-16-791575-9